RELATOS DE MANGO, BRANDO ELUKU Y YO

Albert Espinoza Sánchez

RELATOS DE MANGO, BRANDO ELUKU Y YO

relatos

Albert Espinoza Sánchez

ꓭꓭꓭ
Producciones

Presentación

Albert Franklin Espinoza Sánchez, nace el 8 de noviembre de 1965 en Santa Cruz, Guanacaste, la cuna del folclor costarricense. Una persona de muchas aventuras y experiencias de vida, que le permitió el roce con muchas personas y personajes de ese terruño muy particular. Su traslado temporal a la Meseta Central por cuestiones de estudios, hizo que ese acervo creciera.

Es Profesor de la Universidad de Costa Rica desde hace casi de 3 décadas y tiene entre sus logros académicos una Licenciatura en Estadística y una Maestría en Administración de Negocios. Con el paso del tiempo ha sabido convivir y vivir sin cambiar la esencia de la persona autóctona que siempre ha sido, siendo un digno representante de eso que podemos llamar "el ser Santacruceño".

Su gusto por la lectura y no se diga su forma particular de ver la vida, sumados a sus deseos de escribir, compartir y hacer reír, lo llevaron a realizar varias publicaciones en la red social Facebook. Su libro "Mango, Brando Eluku y yo", es una recopilación de dichas publicaciones, cuya selección para su publicación radicó en los comentarios y la aceptación que causaron entre el público lector. Y según ese mismo público lector, las historias están escritas con acierto y logran mantener una grata lectura.

Puede que las historias, incluidas en la primera parte del libro, empiecen de modo serio hasta causar una sensación de preocupación, pero la forma jocosa en que cada una ellas termina puede que le saque al lector una gota de orina. Además, lleva a realizar paseos entretenidos por lugares pintorescos y particulares casi siempre de su amada Santa Cruz, otros en Liberia o bien en San Pedro de Montes de Oca, donde Albert cursó sus estudios universitarios. Estos paseos, pueden ser caminando u otras veces en bicicleta, porque lo que tiene de caminante también lo tiene de ciclista. En algunas ocasiones tiene conversaciones amenas con perros y gatos, que dan a conocer realmente la "personalidad" de estas mascotas, donde su gato "Mango" es el más destacado.

Las aventuras que se encuentran en la segunda parte del libro, nos llevan a momentos jocosos con su personaje "Brando Eluku". Llevan al lector a encontrar conversaciones y anécdotas que definitivamente tienen un alto grado de creatividad, conjugado con realidad, en donde no se pierde el objetivo principal de hacer reír.

Por último, y no menos entretenido, encontramos una serie de bombas y retahílas, que definitivamente encajan con su definición, siendo una creación "...manifestaciones culturales improvisadas que le dan más vistosidad y esplendor a la belleza que ya de por sí tiene el habla guanacasteca"; donde cortésmente incorporó algunos aportes realizados por amigos de esa red social.

Definitivamente, esta recopilación es de grata y entretenida lectura, llena de creatividad y por supuesto, cargada de muchas carcajadas para todo lector que busque un espacio de entretenimiento y buen humor con un ingrediente cultural muy particular.

Ing. Jorge Arturo Carmona Chaves, MBA
Santacruceño de cepa y de sangre chorotega

Introducción

Esta obra es un compendio de publicaciones que he realizado, en redes sociales, principalmente en Facebook. Y la decisión de recopilarlas y publicarlas, en un libro, nace porque algunas personas me han motivado a hacerlo. Este compendio de relatos corresponde a un periodo de aproximadamente 12 años, en los cuales he observado que -y algunos así me lo han comentado-, las publicaciones han sido del gusto de las personas que las han leído.

La mayor parte de estas narraciones son de corte humorístico, o al menos esa ha sido la intención al escribirlas, pero también hay otras, cuya intención es motivar la reflexión humanística. Agradezco a los que me han impulsado a publicar este libro, y quiero destacar algunos que recuerdo ahorita, y que, con frecuencia, me lo han comentado, entre ellos está Karla Arce (prima), Jorge Arturo Carmona (amigo), Johnny Sánchez (tío) y Álvaro Gómez (amigo). Además, agradezco a los que participaron respondiendo las *bombas* que publicaba principalmente en tiempos de aniversario de la Anexión del Partido de Nicoya a Costa Rica. Los nombres de estos últimos aparecen anotados en las *bombas*.

Mango, uno de los personajes de estos relatos, es un gato, es una de las mascotas de la casa, es un gato bastante creído, como es menester en los gatos, y al cual le gusta mucho el arrullo de cuantos vivimos en la casa, o visitan el hogar. Tal vez usted no crea lo que se cuenta de *Mango* en esta obra, pero le aseguro que es cierto.

Brando Eluku es un nombre inventado, y que lo he usado en algunas publicaciones, y es una descomposición de la palabra "elucubrando".

El texto se divide en tres partes, la primera son publicaciones de corte humorístico y reflexiones sobre la vida o la naturaleza humana. La segunda parte son frases elaboradas producto de mi imaginación, análisis y reflexión, y en la última parte presento las *bombas* citadas anteriormente.

Si este compendio de historias logra sacarle al menos una sonrisa, creo que habrá logrado el objetivo por el cual fueron escritas.

LAS AVENTURAS DE BRANDO ELUKU

LAS AVENTURAS DE BRANDO ELUKU

Me gusta escribir para hacer reír a la gente, o para ponerlos a pensar sobre aspectos del diario vivir. Más en estos tiempos en que las redes sociales pasan llenas de comentarios negativos, insultos, malas noticias, gente anunciando el caos.

Me gusta escribir cosas graciosas para que mis amigos de FB tengan un oasis de paz entre tanto alboroto de ahora.

Ya sé que yo también me meto en esos alborotos de los que hablo, por eso pido disculpas, pero cada día hago un esfuerzo por volver a la senda de los comentarios positivos o cómicos.

No sé cómo hacen los escritores de verdad, yo solo soy un *amateur*, pero esto de escribir no es como sentarse y ya esperar a que le vengan las ideas a la mente. Esto de escribir es como que "*lo cague una paloma*", o sea, usted no sabe "cuándo le va a pasar". Las ideas lo asaltan de improviso, yo a veces voy manejando y me llega una idea, entonces paro el carro y la escribo porque si no después se me olvida, o se me va la inspiración. Así que estas ideas son sorpresivas, como la manzana que le abolló el cráneo a Newton, que le cayó de sorpresa. O las *cagadas de los zanates en el parque le Liberia*, aunque creo que esto último es más previsible.

¿FELIZ COMO UNA LOMBRIZ?
Lo que se presenta a continuación es una conversación en Facebook entre el autor y una amiga. Ocurrió hace más de 12 años.

Cuando a las personas les preguntan, ¿cómo se sienten?, algunos responden "feliz como una lombriz". ¿La respuesta será solo por hacer la rima, o es que alguien ha observado un comportamiento "feliz" en las lombrices? Y si es así, ¿qué las hará felices?

Inés R. Granados (IRG): ¿Tendrá algo que ver con el hecho de poseer 5 corazones, ser hermafroditas y vivir hasta la adolescencia, o sea 15 años? Eso haría muy felices a algunas personas... ja ja ja

Espinoza Sánchez Albert (ESA): Ja ja ja, me deja sorprendido tu sapiencia, Inés, gracias por la información, ni idea tenía de todas esas características de la lombriz pero, hoy me enseñaste algo nuevo, un nuevo conocimiento, lo cual, como a Sócrates, me hace muy feliz, haciéndome empático con la lombriz.

IRG: mmm yo no sentí mucha empatía cuando hice una disección de una lombriz viva para verle latir los corazones. La asistente dijo: ¡noooo!, primero la tenían que matar en alcohol... Y mi compañero le echó alcohol cuando ya estaba abierta.

ESA: Pobrecita la lombriz, pero que conste que mi empatía con ella es solo en la dimensión emotiva, en la característica "felicidad" que ostenta o hace gala, nada más, ¿y por qué tiene tantos corazones?

IRG: porque es tan feliz que ocupa más corazones para guardar el amor y la felicidad....

ESA: Una lombriz tiene la capacidad de amar 4 veces más que los humanos, ¡que interesante! ¿cómo será el amor de lombriz? ¿Más espiritual o más físico que el de los humanos?

IRG: no sé..., pero pasan copulando cada 7 días más o menos... en una posición sexual relacionada con un número (menor que 70), ya que un genital está cerca de la boca y el otro más cerca del ano..., otras razones para que sean felices...

ESA: ja ja ja, sorprendente Inés, y sí, eso explica lo de la felicidad. Después de todo, y gracias a tu ilustración, lo de la felicidad tiene un fundamento racional, y no meramente lírico.

PERIPECIAS DE UN DOCTOR

Hoy me llegaron a buscar y me gritaban desde afuera "doctor, doctor, doctor...". Ante los gritos, salgo: ¿qué pasa joven?, "disculpe don, es que mi amigo está enfermo y necesito un doctor, y ahí en ese rótulo dice que usted es doctor (se refiere a un cartelito pegado a la entrada de la casa que dice "Dr. Albert Espinoza").

Entonces le digo, sí soy doctor, pero en Estadística, y el muchacho responde "sí, usted es el que necesito". A ver a ver, ¿cómo es eso?, "¿usted sabe de la media, la moda y la mediana?", me pregunta el joven.

Pues sí, le respondí; pues "pues ese es el problema de mi amigo" me dijo.

A ver, ¿cómo es ese asunto?

"Pues que mi amigo agarro 5 *medias* de guaro y se las zampó, dizque eso es la *moda* en año nuevo."

¿Y quién le dijo eso?... "Pues la *mediana.*"

Oiga, ¿cuál mediana?... "La Ana, hija de don Chu Rojas, que como es chiquitilla le dicen *media Ana,* es como la mitad de una Ana normal."

Ah pues, una vez conocido el asunto y después de ese análisis descriptivo, le dije que le diera al amigo otra media, "¿otra media doctor?", me interrumpió el joven. Sí, pero media taza de agua con una Sal Andrews, y si no tiene, dele buen juguito de limón con un pellizco de sal. Eso compone a ese güevón.

(Aclaro, no soy doctor en Estadística, y lo anterior es un puro cuento).

ODA AL EXCUSADO

Creo que es bueno reconocer la importancia que los intestinos, junto a sus compañeros de equipo, juegan en el cuerpo humano. Las personas tienden a ponderar el rol de otros órganos como el corazón, los riñones, el cerebro, el hígado... Pero, sin la importante función llevada cabo por el "Sistema Evacuatorio", los humanos pereceríamos. Lo que ocurre es que es una labor mal ponderada, o no también respetada como las de otras del cuerpo humano. Ocurre más o menos lo mismo con los recolectores de basura, hacen una función importantísima en la sociedad. Vea que las huelgas que más rápido acaban son las de estos esforzados trabajadores. Ahora, el excusado es un lugar donde se originan ideas que dan inicio a eventos importantes en la sociedad. Muchas de las grandes ideas que han constituido pilares del desarrollo humano, se gestaron en un lugar de estos. Grandes poetas engendraron sus mejores versos ahí, muchos inventores encontraron la solución final que daría, por fin, el nacimiento de su creación. Dicen que en este lugar fue que se le alumbró el bombillo a Edison. Ahora, usted se estará preguntando, ¿cómo es que un lugar como ese puede engendrar tantos prodigios? Pues bien, es un lugar tranquilo, nadie lo molesta ahí, el potencial de concentración es brutal (salvo que usted padezca de estreñimiento, en cuyo caso será difícil cualquier inspiración), y, por tanto, las posibilidades de gestar o dar el punto final a cualquier creación, son infinitas. Los mejores discursos se han parido en un lugar como este. A mí me gusta mucho para leer, y la mayor cantidad de libros los he leído en el sanitario, a veces denominado popularmente, "trono". Pero el punto medular de este escrito es una oda que he escrito a este insigne y no tan bien ponderado servicio.

Oda al excusado

Oh divino excusado
donde a ti ha llegado el más tonto
y el más avezado.
Y tanto ha llegado el más callado
como el más elocuente.
Y aunque tu labor es callada y silente
a ti ha llegado desde el más cobarde
hasta el más valiente.
Y es que tu labor es insigne
igual caga un pobre que un presidente.
Lo mismo te dio servir a
Napoleón, Alejandro, a Julio César
que a un pobre indigente.
Te han visitado grandes sabios y reyes
los más humildes y los más exigentes.
Y aunque sus secretos te han contado
los guardaste bien,

LA REFRIGERADORA VIEJA

Llego a visitar a mis padres, y me doy cuenta de que la vieja refrigeradora está mala. No enfría abajo, y arriba no congela, solo enfría. Lo primero que pienso es que ya dio lo que tenía que dar. ¡Se acabó su vida útil! Hay que deshacerse de ese aparato viejo, ya no sirve. Le digo a mi papá que hay que comprar una nueva, pero él se opone y dice que solo le hace falta gas, que la otra vez le había pasado eso y que llegó el técnico a cargarla y luego se compuso. Accedo y nos vamos a buscar al técnico. Yo por dentro iba con la esperanza de que el experto dijera que no servía. Llegamos al taller y el señor resulta ser un octogenario como mi papá. Eso me da mala espina. El técnico muy diligente, llega a la casa, tal lo acordado. Es de los señores de antes, ¡de palabra! Comienza el examen del artefacto y da con el problema, la chuncha esa se llena mucho de hielo por lugares donde no debería de llenarse. ¡Claro!, digo yo, no debería de hacer eso y si lo hace es porque ya no sirve, lo digo esperando que el experto me acuerpe.

Pero él no coincide y dice que para saber eso, es necesario deshielar, para ver qué tiene malo y si se puede reparar o quizás haya que cambiar algún repuesto. Dejó la refri deshielando y queda de llegar 4 horas más tarde. Pasado ese lapso regresó, tan puntual como la primera vez. Quitó una tapa del congelador, lo que antes no había podido, por el hielo acumulado, para darse cuenta que había más hielo adentro. Entonces, dice, "hay que seguir deshielando", y dejamos la refri toda la noche en ese proceso. Queda de llegar al día siguiente y, pasada la noche, llega tal cual había dicho. Pero sigue aun quedando hielo. En la noche, me acosté deseando que, al día siguiente, por fin se diera por vencido el técnico y dijera que ya no había nada que hacer. Sin embargo, por la mañana me quedé pensando, ¿por qué el técnico se aferra tanto a esa refri vieja? ¿Por qué se esmera tanto en querer repararla? Me llama la atención la paciencia con que atiende la revisión y reparación. Entonces llego a la siguiente con- clusión, sin duda el viejo es de otra época, una donde a las cosas viejas se les daba otro valor. Cuando las cosas viejas eran miradas con respeto y hasta con cariño. Antes, cuando algo se fregaba siempre se le buscaba reparación. Ahora no, vivimos en tiempos en que todo es desechable. Y por supuesto, estoy seguro que el viejo se ha dado cuenta de eso. Talvez, pienso para mis adentros, que ese trato hacia la refrigeradora, sea la forma en que las generaciones de ahora, estamos viendo y tratando a nuestros viejos. Pienso que tal vez ese trato, la paciencia, el esmero, el cuidado y quizás, el cariño que demuestra el técnico hacia la refrigeradora, sean la forma en la que a él le gustaría que sea tratada toda cosa vieja. Incluyendo a nuestros amigos, conocidos y familiares, ya en la tercera edad.

LOS TORTEROS

Hay varias dimensiones de torteros, pero yo solo quiero referirme al grupo de los torteros aventureros. Primer paso es definir ese término, bueno, para mí un tortero aventurero es aquel que emprende una aventura sin ningún tipo de plan o con planificación mínima. Es algo así como "mandarse sin paracaídas". Pero dentro de esta categoría hay varios torteritos: está **el tortero líder**, al que siempre se le ocurren las aventuras y el que las lidera; está también **el tortero activo**, es también un aventurero igual que el líder, pero no tiene tanta iniciativa como el primero, pero es igual de mandado a la aventura; está también **el tortero pasivo**, al que le gusta la aventura, pero ve los riesgos y falta de planificación de la aventura a tomar, pero calla, no dice nada; y por último está **la víctima del tortero**, que no tiene idea de la magnitud de la aventura a emprender, ni de los riesgos y solo se deja llevar a ciegas por el tortero líder. ¿Ha conocido alguno de estos tipos de torteros? ¿O tal vez sea usted uno de ellos(as)?

¡NOCHE DE PERROS Y GATOS!

Tengo cuatro mascotas en la casa: dos perras, un perro y un gato. Una perra y el perro son de tamaño grande y la otra perra es mediana tirando a pequeña. El perro no soporta a los gatos (ni al de la casa) y la perra no tolera a otros perros, ni a la perrita de la casa, razón por la que la tengo separada de los otros perros.

No tenía mucho de haberme acostado cuando oigo a un gato maullar y como peleando con los perros. O más específicamente, como matando al gato a juzgar por cómo se oía el pleito. Me levanto en el acto, busco llaves, pero, por la prisa, no podía abrir la puerta del patio; consigo salir, pero luego no encontraba la linterna del celular. Finalmente pude alumbrar al perro y al gato y llamar al perro para que dejara en paz al gato. Antes de salir, me había topado con mi gato, así que sabía que no era el mío el de semejante barullo. Paso a los perros al lugar donde está la perrita para que dejen al gato en paz, a ver si se recupera, se ve aún con vida, pero mal herido. Me acuesto nuevamente, trato de dormir, pero entonces me acuerdo de mi gato que le gusta estar en el lugar donde dejé los perros. Me levanto a buscar mi gato y al rato lo encuentro y lo encierro en el baño. Me acuesto nuevamente, trato de conciliar el sueño cuando oigo a la perrita siendo agredida por la perra grande; me levanto nuevamente para cambiar a la perrita de lugar...

UN CUMPLEAÑOS HACE MÁS DE 20 AÑOS ATRÁS

Estamos a escasos minutos de que sea 8 de noviembre, día de mi cumpleaños, y de repente, me acordé de uno de los cumpleaños más singulares que he tenido en mi vida. Creo que ocurrió ahí por 1990 o 1991, no preciso bien. Resulta que vivía en San Pedro de Montes de Oca y trabajaba de vendedor de computadoras. Mi mamá tiene como tradición hacerle una gallina arreglada (frita o en sopa según los gustos del comensal) al hijo, hija, nieto o nieta que cumpla años. Entonces, me mandó un gallina arreglada por encomienda; la cosa es que tenía que pasar a recoger la gallina como a las 5 p.m. a la empresa Alfaro, cosa que efectivamente hice, pero luego, debía visitar dos clientes, uno en San Francisco de Dos Ríos y el otro en Guadalupe. Bueno, a ese de San Francisco creo que le llegué como a las 6 p.m. bien ataviado en mi uniforme de vendedor, camisa manga larga y corbata, con el maletín en una mano y en la otra la gallina envuelta en papel aluminio y luego en una bolsa de plástica. Está de más decir las ganas que le llevaba a la gallina, pero, primero debía cumplir con el trabajo. Luego de esa visita agarré la periférica rumbo a Guadalupe y ahí la cosa se complicó porque, para variar "la Peri" iba llena y yo debía hacer malabares para agarrarme ante las embestidas endemoniadas de esa *cazadora* moderna y sostener al mismo tiempo el maletín y la gallina. Bueno visité el cliente de Guadalupe y luego emprendí el viaje rumbo al apartamento, en San Pedro, donde finalmente como a las 9 p.m. pude degustar la rica gallina, regalo de cumpleaños de mi madre.

LA VISITA DE OBAMA

Una historia como la siguiente no sería raro que ocurriera en Tiquicia, a raíz de la llegada de Obama. La historia comienza con el encuentro de dos policías de tránsito:

–Hola Castro.

–¿Cómo está Morita?

–Diay pura vida, ¿entonces es aquí que nos toca regular el paso?

–¡Creo que sí!

–¿Cómo que cree que sí mae?, usted tiene el mapa que le dio el capitán.

–Sí, pero fíjate que anoche se me olvidó sacarlo de la camisa donde lo metí y la doña se le ocurrió lavar anoche y cuando me percaté ya el papel estaba despedazado.

–Pero usted me dijo que nos viéramos aquí en el inicio del Paseo Colón, yo pensé que sabía.

–Sí mae, pero es que de lo que me acuerdo es que nos tocaba el punto SJ1, diay supongo que son las iniciales de San José y uno debe ser el inicio, o sea, aquí en el Paseo Colón.

–Mmm, no sé mae eso es batear, ¿por qué mejor no llama al Capitán?

–Nombre, y darme el color, no mae, ahhh, ya sé lo que voy a hacer, sí está bien, lo voy a llamar, pero me la voy a jugar.

Rrrrrrrrrrrr, –Capitan aquí Castro, ¡cambioooo!–. Rrrrrrr...

–Aquí el capitán, ¿qué pasó Castro, ya están en el punto? ¡Cambiooooo!

–Sí mi Capi, ya estamos en punto SJ1, y todo preparado, ¡cambiooooo!

–Ah muy bien, porque ya casi pasa por ahí El Cometa.

–¿Cometa mi Capi? Ah sí ya recordé, se refiere Obama, a propósito, mi Capi, que significa las letras SJ, ¿San José acaso? ¡cambio!!!

–No sea baboso Castro, no diga nombres, ¿entonces para qué las claves?, y SJ significa San Juan, ¿es que no le cae la peseta?, San Juan, así como el Hospital al frente del cual están ustedes, ¡bueno cambioooooo y fueraaaaaaa!

¡Ay mae era en el San Juan de Dios que nos tocaba, vamos póngale, mae, póngale, y encienda la sirena!

Uuuuuuuuuuuuuuuuuuu (patrulla ululando), ¡mae póngale, ya casi pasa el cometa!, uuuuuuuuuuuuuu..., ¡mae suave bájele, bájele!, ¿que están diciendo en la radio? ¡Ay mae qué tirada!... La escolta de Obama acaba de atropellar a un mae en cleta frente al San Juan, ahhh, ¡que tortón nos jalamos...!

HISTORIA CLETERA 1

Hace ya como 6 años creo que tomamos la decisión, con mi entrañable amigo Bernalito, de ir a darle vuelta a la península de Nicoya en cleta. Decidimos hacer el recorrido en dos tramos. El primero saliendo de *Jicaral* y llegando a *Playa Carrillo*. La cosa es que una semana santa nos enrumbamos para Montezuma saliendo de Jicaral. Este trayecto fui bonito, pero no se compara con el del día siguiente.

Montezuma - Playa Carrillo. Pasando por *Cabuya* me llamó la atención un rótulo que decía "Prohibido ingresar a la isla en carro", echo la mirada y veo la isla (rodeada de mar por supuesto) como a 200 metros. ¡¿ ?! Claro que la incertidumbre hizo acopio de mí, ¿ir a la isla en carro? Bueno, afortunadamente alguien me hizo el favor de aclararme que, cuando la marea está baja, pues el agua se retira y queda solo la arena y es posible ingresar en carro a la isla por el lado por donde, por cierto, está el cementerio.

El trayecto de *Cabuya* a *Mal País* fue paradisiaco y cletear por playa *Santa Teresa* fue fenomenal.

Pero mi historia cletera no es esa, sucede que cuando llegamos al *Río Ora*, yendo para *San Francisco de Coyote*, se nos ocurre tomar una foto cruzando el río, que por cierto era un poco ancho, pero no muy profundo. Cruzo yo primero para tomar la foto a Bernalito, tomo posesión y doy le doy el banderazo de salida y él que se impulsa y raudo se echa al río. Pero resulta que lo hizo por una parte que estaba un poco profunda y *chocoplún* se fue de legítimo clavado al río. Es el primer y único clavado en cleta en un río que he visto en mi vida.

La cosa es que un día íbamos a hacer un recorrido más o menos largo. Para los que conocen los recorridos en Liberia, la ruta era Cañón-La Piedra-El Chorro-San Jorge-Basurero-Liberia. Ese día nos juntamos con 4 adultos y como tres o cuatro güilas adolescentes como de 15 o 16 años. La cosa es que desde que comenzamos, *los güilas* se fueron todos fosforones adelante, pero nosotros (los adultos) conocedores del trayecto, fuimos a un ritmo moderado pero constante. Más adelante los güilas nos estaban esperando, pero apenas nos veían llegar, inmediatamente emprendían raudos el viaje. Y así se la pasaron buena parte del trayecto. Como a la tercera parte, como de costumbre, se habían adelantado y nos estaban esperando, pero esta vez, a diferencia de las anteriores, no se fueron apenas nos vieron llegar. Cuando llegamos a donde ellos esperaban uno se acercó y con evidente cara de cansancio nos preguntó: "¿falta mucho para llegar?" Y fue en ese momento que comprendimos que los güilas se habían fundido. De ahí para adelante nosotros pasamos a comandar el viaje y los nóveles cleteros se nos perdían de vista constantemente. Cuando llegamos como a la mitad del camino tuvimos que esperarlos un largo, muy largo rato. Otro día nos ocurrió con otro grupo de jóvenes, con un poco más de años que estos; aquí la cosa fue diferente, este grupo no iba con nosotros, pero seguían el mismo trayecto, igual al que había señalado anteriormente. Con estos carajillos nos encontramos en las paradas para tomar agua y finalmente nos encontramos en San Jorge, ahhh, parada obligatoria para tomar fresquito de limón, pinto, huevo, tortilla, maduro y cuajada. Después de desayunar, conversamos un poco con los muchachos y nos dijeron que ellos iban a dar la vuelta por Guayabo-Bagaces-Liberia, y lo dijeron de la forma más campante, como si estuvieran comenzando el trayecto, pero después de como 4 horas de andar cleteando, la idea por supuesto que no tuvo acogida entre nosotros. "Que Dios los acompañe", les dijimos y emprendimos el viaje de regreso por el basurero, más o menos como a 50 minutos de San Jorge.

HISTORIA CLETERA 3

A quién no lo han perseguido los perros o se haya caído de la cleta, entonces, le falta camino por recorrer en el ciclismo de montaña. 1) Los clips son unos dispositivos mecánicos para "amarrar" los zapatos a los pedales de la cleta. La cosa es que me compro unos clips, practico un día y al siguiente me voy a cletear. El recorrido de ida bien, pero a la vuelta, bajando el Cañón de Liberia, me entra una llamada al celular y pues saco el teléfono, freno y con el aparato en el oído, intento zafar el pie de los pedales y entonces recordé los clips... La caída fue como en cámara lenta. Esa fue la primera de tres caídas, mientras que me acostumbré a los clips. La última fue en *27 de Abril,* donde caí encima de un montón de lajas cuando estaban arreglando el camino hacia *Río Seco.*

HISTORIA CLETERA 4: LOS PERROS

Como dije antes, quien no se ha caído de la cleta y no lo han perseguido perros, todavía le falta por recorrer camino sobre ruedas...

Ocurre que un día me voy a cletear con dos compañeras de trabajo, digamos la compañera A y la compañera B. Tomamos la ruta a El Salto por el camino viejo y a la altura del puente colgante en el río Salto, tomamos por el camino viejo que va a Pijije, un camino agreste de fincas ganaderas con algunos columpios y quebradas, un camino solitario. Más o menos transcurridas dos terceras partes del camino, pasamos por la entrada de una hacienda y en eso oímos el sonido inequívoco de un par de canes, pero eran sonidos de perro grande. Volvemos a ver y era nada más y nada menos que dos perros de esos "come gente", uno era de la raza stanford o pitbull y el otro no recuerdo "la marca", pero era perro matrero.

Diay, ahí el primer cerebro, el más primitivo, el que vela por la seguridad física del humano, tomó posesión de mí y lo caballero pasó a segundo plano, porque el instinto de supervivencia lo amordazó y lo amarró y no lo dejó proliferar.

La compañera A y yo veníamos un poco más adelantados que la compañera B, los perros se nos vinieron encima, pero se colocaron a ambos lados de la compañera B, vale que era terreno plano, por lo que íbamos a más no poder la chancleta.

Como dije, mi instinto de supervivencia tomó posesión de mí y solo pensaba en ponerme lo más largo que pudiera de semejantes *canes*, los perros estos tiraron un par de ñangazos (mordiscos) a la compañera A pero sin mayor logro.

Después de unos 50 metros tal vez, los perros abandonaron a persecución nuestra, y hasta entonces nos detuvimos tomamos aire y fue cuando reparamos en la compañera B que se había quedado atrás. Nos imaginamos lo peor, y nos disponíamos a regresar cuando la vimos llegar bien campante, sea porque los perros se habían cansado o sea porque la compañera B tiene los instintos de "César el encantador de perros", la cosa es que con ella se mostraron muy dóciles y amigables.

Yo les puedo asegurar que por ese lugar no vuelvo a pasar. Por cierto, una medida efectiva contra perros acosadores es tirarles agua con la caramañola.

CONVOCATORIA COMUNITARIA

Preocupados por las escasas lluvias en Liberia, un grupo de vecinos nos estamos organizando para resolver el problema. Por tanto, hacemos una convocatoria para mañana domingo a medianoche para reunirnos en el Parque Mario Cañas Ruiz y realizar la danza ancestral "cave old woman" o sea, la "vieja de la cueva". Se solicita llegar con el atuendo apropiado, o sea, taparrabo para los hombres y taparrabo y güipil para las damas. Para ponernos a tono con los tiempos, la danza se bailará reguetoneada, o sea, en versión reguetón con mucha gasolina, pero "despacito..., suave, suavecito". Llamar al 800-guataguata para anotarse en el evento.

EL ZANATE

Hará por ahí de 1994, estaba recién llegado a Liberia para trabajar en la universidad. Una tarde de verano, una familia me invitó a tomar café y entre conversaciones y anécdotas, me contaron sobre las costumbres del zanate, "...es verídico...", me dijo la señora de la casa, "...si usted se sienta en el parque debajo de un árbol al ratito llega un zanate y lo caga...". Siguió la conversación y otros temas llegaron y se fueron. Terminó la tarde de café y me fui caminando hasta el centro de Liberia que distaba tal vez 1 km. Llegué al centro y me fui a sentar al parque, y no pasó mucho tiempo cuando escuché ruidos de zanate sobre mi cabeza, me percaté entonces de que me había sentado debajo de un palo y de inmediato me vino a la mente la historia del "bicharejo de marras". "¿Hombré, será cierto?", e incliné mi cabeza para ver al pájaro cuando, ¡pum!, sentí algo caliente y acuoso en mitad de la frente...

OBSTÁCULOS AL DEPORTE

Me lleno hoy de optimismo y decido retomar la cleta después de varios meses inactivo. Me preparo, defino la ruta y me voy. Pero, cuando llego a la entrada de la ruta elegida, me topo con este rótulo que decía "40 KM VELOCIDAD MÁXIMA", y me devolví. Yo voy a hacer deporte no a dar paseítos.

EN MI OTRA VIDA

Cuando estudiaba y trabajaba en San José, entre los varios trabajos que tuve, me desempeñé como vendedor de computadoras. También trabajé viendo TV y escuchando radio, haciendo y procesando encuestas, también estuve en un dueto musical (un compa de la U tocaba guitarra y yo pasaba con en el sombrero recogiendo plata). Bueno, pero mi tema es sobre el vendedor de computadoras. Sucede que un día fuimos a un centro comercial en Escazú, un compañero vendedor (Alfonso) y yo, llegamos como a media mañana y prestos nos dirigimos a visitar al primer cliente, un señor de una librería. Ambos vendedores íbamos vestidos con pantalón negro, corbata oscura y camisa manga larga blanca, así que ya se pueden ir imaginando qué pinta podíamos dar. La cuestión es que abordamos al señor de marras, pero antes de poder decir algo (después de los buenos días) el señor se deshacía en disculpas de porqué no nos podía atender y prácticamente no nos dejaba decir nada. Cuando finalmente pudimos decirle que andábamos ofreciendo computadoras, el señor respiró hondo y nos dijo "¡ahhh!, es que yo pensé que eran predicadores". Después de aclarado el punto, pudimos finalmente ofrecerle nuestro producto.

CLASES DE BAILE

Yo, a partir del martes, y para paliar la cuesta de enero, voy a estar impartiendo clases de baile soba-queado, pirateado, baile del perrito, del cangrejo, del caballito de palo, del mamey, del gallo, de la gelatina, el del bikini de lunares amarillos, el baile espanta suegra, del lance muerto. También el baile atrapa novia o novio, y el baile del macuá. Y un curso básico de bailando con marimba. Por aquello de que estén interesados.

LAS MIRADAS

Hay muchos tipos de mirada
La mirada femenina furtiva
La mirada tierna de los niños y niñas
La mirada inocente y curiosa del bebé
La mirada alegre del amigo
La mirada condescendiente del compañero de aven-turas
La mirada apasionada e intensa de la persona amada
La mirada afable del anciano
La mirada emotiva de la madre
Y está la mirada del desconocido que sin ningún dejo de interés
nos saluda en la calle, es una mirada bonachona y sincera

LA CLETEADA A LA PLAYA

Hará ya como 10 años, era un lluvioso, muy lluvioso mes de setiembre, cuando unos compañeros de trabajo me invitaron a cletear, me dijeron que era a playa Naranjo. Yo ni sabía dónde estaba esa playa ni pregunté. Como me dijeran playa, diay, entonces me fui con fuerte bermuda, amarilla, por cierto, camiseta sin mangas, chancletas y una bicicleta, que en la jerga cletera denominamos "portón", ¡ah bueno!, y una gorra también, ustedes se imaginarán como me sentí de intimidado cuando vi a los compañeros vestidos a lo robocop y con potentes cletas. Antes de eso diré que yo no andaba en bicicleta, si acaso a hacer mandados al centro de Liberia. La cletita que llevé, hasta la canasta para las compras llevaba pegada al manubrio. Y creo que hasta el asiento de bebé en la barra de la cleta. Ahí en la foto pongo la indumentaria que más o menos llevaban los demás (estos no son aclaro, solo los puse de modelos para ver la vestimenta y equipo cletero). Bueno la cosa es que eran como 11 o 15 km, ahora no preciso bien, y de un trillo bien quebrado y todo de bajada. Claro, la ida estaba *chamba* porque era solo ir bajando, pero yo solo pensaba en el regreso. El camino estaba plagado de los charcos más descomunales que había visto yo en la vida. La cosa es que no más llegamos, descansé como media hora y de inmediato emprendí el regreso, dejando al grupo en la playa, en parte porque tenía que ir a un cumpleaños y en parte porque sabía que el trayecto de regreso lo iba a hacer todito a pie, como efectivamente ocurrió, y no quería atrasar al grupo. En esto de andar en bicicleta me ha pasado de todo, pero esa cleteada es de las que más tengo presente siempre.

¡TRÁGAME TIERRA!

Hay hechos en la vida que cuando ocurren, uno desea que la tierra se lo trague. Cuando estudiaba, estaba una vez en la Escuela de Química de la UCR en San Pedro de Montes de Oca. Estando ahí, una persona ciega me pide ayuda para ir a la Facultad de Ciencias Económicas. Entonces nos ponemos en marcha y esta persona se agarra de mi hombro izquierdo. La conversación durante el camino se torna entretenida, muy amena, al punto de que seguro olvidé que esta persona era ciega. Para llegar a Ciencias Económicas hay que cruzar la Escuela de Físico-Matemática, en cuyo cruce hay dos puertas de vidrio que normalmente estaban abiertas de par en par. Al llegar a dichas puertas la conversación estaba en lo más y mejor pero ese día estaba cerrada la puerta izquierda justo del lado donde iba mi acompañante. Yo cruzo la puerta y luego escucho ¡PLOTTTT! Con un sonoro "¡ayyy!" Vuelvo a ver y veo a mi amigo estampado contra la puerta. Juro que nunca me sentí tan mal en mi vida.

HOLA MI AMOR

Bueno aquí estamos las güilas y yo para desearte ¡buenas noches!, y decirte que debés estar tranquila ahí donde estás para que te recuperés completamente. Queremos decirte que te amamos mucho y que no tenés que preocuparte por nada. Talvez escuchaste ahora una sirena de los bomberos, pero tranquila, la casa que se quemaba no era la de nosotros, talvez escuchaste también de un padre al que se le perdió la hija en el supermercado, pero tampoco esa, ese era yo, ni nuestra hija era la chica que se perdió. Talvez escuchaste hablar de un choque de un carro azul, pero ese no era tu carro ni el que manejaba era yo. Ahora ni la sirena de la Cruz Roja ni de la policía, que dijeron que sonaron en nuestro barrio, tenían nada que ver con nosotros. Y, por último, las tres niñas intoxicadas por una comida mal preparada que seguro oíste por ahí, no eran las nuestras. Bueno mi amor esperando que estas noticias te dejen tranquila, te deseamos dulces sueños y te extrañamos mucho. ☺

MEJENGAS INFANTILES I

Cuando estaba güila en Santa Cruz eran muy comunes los equipos infantiles, y como en esa época éramos un *cachimbo* de güilas, pues en mi barrio fácilmente salían dos equipos de fútbol. Solo en la calle donde vivía yo entre los "Jocotes", los "Santana", los "Guevara", los "Güevo", los "Champarros" y los "Suárez", pues ya salía un buen equipo de fútbol.

Entre los equipos que recuerdo estaba uno de Gallo Gallina (no recuerdo el nombre), otro que se llamaba el Florecilla, Santa Cecilia, San Martín, el equipo de mi barrio Buenos Aires, y otros más que ya no preciso bien. Buenos Aires siempre fue una potencia futbolera en el distrito primero de Santa Cruz, de hecho, de ahí salieron luego figuras destacadas de la ADG como la *Macha* Duarte, Hilario Espinoza, Pedro Lara, Gerardo Cabalceta, entre otros.

Esta gente, además, formaba parte del equipo de básquetbol del barrio en la época dorada del básquet en Santa Cruz, cuando se hacían campeonatos entre los barrios en la cancha del Liceo Santa Cruz.

Pero bueno, esa era una generación anterior a la mía. Volviendo a mi generación, resulta que don Oscar Rojas, director del Liceo Santa Cruz de esa época (quien vivía y tenía una pulpería donde actualmente se ubica el bar La Pantalla), forma un equipo para participar en uno de los tantos campeonatos del pueblo. Para esto don Oscar escoge a los mejores del Barrio Buenos Aires, entre otros, Martín Espinoza (mi primo), mi hermano Miguel Espinoza, Ronald Suárez (Cuerío), Alfredo Álvarez (Chori), y no recuerdo cuáles otros.

Bueno, la cosa es que a uno de mis vecinos Freddy Guevara se le ocurre también hacer un equipo de fútbol del barrio, pero ya solo quedábamos *la puruza*, diay los malitos. Entre estos y en primer lugar quien escribe, creo que Allen y otro primo suyo de los *Champarros*, Gilbert hermano de Freddy, estaba el menor de los *pachangos*, creo que Juan Santana, y no recuerdo cuáles otros más.

Entonces se viene el primer partido contra uno de los equipos "media tabla" o sea, que no era uno de los buenos, pero sí bastante mejor que nosotros. Empezamos a jugar y al poco tiempo de comenzar, ¡saz!, nos meten un gol; no pasa mucho y nos meten el segundo. Todavía recuerdo a Freddy motivandonos: después del segundo gol nos promete un boli a cada uno si empatamos. Pero se viene el tercer gol y luego el cuarto, y Freddy, ya dejó de seguirnos motivando.

Al final perdimos 0 a 7. Preocupado por nuestras falencias en la defensa, medio campo y delantera (o sea, en todas las líneas) nuestro "manager" dice que va a hacer contrataciones "extranjeras", que ya contrató a dos figuras excepcionales del Barrio El Cacao.

Y sí, efectivamente, trajo dos jugadores que a juzgar por lo que decía Freddy, el Messi y Cristiano Ronaldo actuales, quedarían en ridículo jugando a la par de estas dos fichas.

Viene el próximo partido, un equipo mejor que el anterior, y la paliza fue mayor, 0 a 8, caímos derrotados.

Pero el espíritu deportivo seguía aleteando, seguía pujante, nuestros corazones palpitaban por mejorar nuestro desempeño, llenos de coraje nos enrumbamos al tercer partido, y algo inesperado pasó aquí, ¡el otro equipo no llegó!

Bueno lo que procedía entonces era que se ejecutara un penal con el marco vacío (desprovisto de portero) solo para oficializar el gane.

Se designa a Goyo Pachango para ejecutar el penal, el hombre se prepara, toma pose, se impulsa, ha esperado mucho tiempo por este momento, es el tiempo de consagrarse, se concentra, se impulsa le pega un soberano patadón al balón y ¡pum!... ¡Lo bota!

Yo creo que el árbitro todavía hoy no ha parado de reírse, aun así, anotó el gol y nos dieron los dos puntos (en esa época aún no eran 3 puntos como hoy).

El cuarto partido que seguía nos tocaba con el equipo A de Buenos Aires, que iba invicto en el primer lugar, pero a ese partido no nos presentamos, de hecho, el equipo se deshizo, no recuerdo bien porqué, pero seguro pensamos que, si el equipo de media tabla nos había metido sendas goleadas, pues no nos iría nada bien con el primer lugar.

¡Ahhh!, ¡cómo se disfrutaban esas épocas!

OJOS EN BLANCO
Sí, pero no por lo que ustedes están pensando.

Ocurre que cuando estaba güila, no sé, tendría unos 13 años de edad, o sea, digamos que hace como unos 20 años atrás...

La cosa es que voy a pescar con un tío, también iba un hermano y creo que un primo. Fuimos a Río Cañas, distante unos 8 km de Santa Cruz centro. En esa época, era uno de los lugares preferidos de pesca del entorno santacruceño.

Creo que era la primera vez que iba a ese río a pescar. Ya en plena acción pesquera, saco un bagre, ¡nunca en la vida había visto un bagre!

Al jalarlo y ya en la tierra, el bicho se suelta del anzuelo y comienza a moverse serpentinamente hacia el río. Al verse el producto de mi esfuerzo dirigirse hacia su medio vital, le dejo ir mi mano para agarrarlo, todavía resuena en mis oídos el "NOOOOOOO" que me lanzó mi tío Gerardo. Pero ya era tarde, al acercar mi mano, el peje levantó su aleta dorsal, que es básicamente hueso (o espina).

Cuando mi mano penetró la punta de esa espina, por una muy pequeña fracción de segundo, uno siente como una aguja helada penetrando la carne, en esos brevísimos instantes, mis ojos se pusieron en blanco.

Después de ese fugaz instante, cuando el dolor apareció, entonces mis ojos pasaron de blancos a pelarse como guayaba injertada, así como los ojos de los personajes de las fábulas de Tim Burton. Las pupilas de dilataron y un fuerte dolor apareció.

Después de eso, y más adelante, varias horas después, cuando el dolor desapareció, escuché historias de personas que habían majado bagres, penetrando la espina esa en sus pies, 😄😄😄 no me imagino el dolor que debieron haber sentido.

¡APRENDIENDO A NADAR!

Con la tragedia que ocurrió en Nicaragua donde 13 compatriotas murieron en el mar, uno de los temas de conversación es la necesidad de aprender a nadar. El saber nadar, por supuesto que era una condición necesaria, pero no suficiente, para haber evitado las muertes. Pero el saber nadar aumenta la probabilidad de sobrevivir (o disminuye el riesgo de morir).

Esto me hizo recordar cómo aprendíamos a nadar cuando niños; los de mi generación aprendimos en los ríos. Para enseñarnos, buscaban una poza profunda y cuando estábamos descuidados, los compas más grandes nos empujaban y nos decían: ¡Juéguesela!

"FEISBUK"

¡Ah!, el "feisbuk" es un lugar como una gran mesa redonda, donde están sentados tus amigos y compañeros de la infancia (escuela, colegio), tus familiares (padres, hermanos, primos, tíos, etc.), tus compañeros y excompañeros de trabajo, tus compas y amigos de la universidad, tus amigos en general, los estudiantes (como en mi caso que soy profesor), etc. En síntesis, es como una pequeña sociedad convergiendo en un mismo lugar. Lo más curioso del asunto, es que como el grado de intimidad que se tenga el trato se refleja en los comentarios que hacen a partir de algo que compartiste en tu muro. Así, tenemos comentarios distantes y cercanos, jerárquicos y horizontales, cariñosos y fríos, extremadamente confianzudos (cosa que no me molesta porque usualmente provienen de esos "compas" del alma que usualmente uno tiene), o extremadamente respetuosos. Me hace gracia sobre todo cuando a alguno(a) "se le sale" un apodo, o pronombre, que solo algunos muy cercanos le aplican a uno (obviamente se les sale con toda naturalidad). En fin, el "feisbuk" es eso, una pequeña sociedad, que te acerca y te aleja de los tuyos a la vez, pero que siempre te da la oportunidad de compartir.

EL MAR CIBERNÉTICO

¿Cómo te va?, me pregunta FB, pues aquí estoy Facebook, dejándome seducir y llevar por tu corriente y cediendo a tu dinámica (si es que existe alguna convención), dejando en la orilla de tu mar cibernético, mis bártulos con mis temas preferidos adentro.

EN DEFENSA DE LA PEREZA

Mi tesis es que la pereza no necesariamente es mala, que no toda pereza es mala. La pereza, según lo veo yo, puede tener su lado positivo. Voy a explicar mi punto. A mí, por ejemplo, me da una soberana pereza hacer cosas "a pie", aunque las tenga o lo esté haciendo en una computadora. Sí, uno puede hacer cosas a pie, aunque las esté haciendo en una computadora. No todo proceso que se hace en computadora es necesariamente automatizado. Es tanta mi aversión o pereza a hacer "cosas a pie", que prefiero devanarme los sesos, estudiar y dedicar muchas horas incluso días, a tratar de automatizar la tarea. Eso implica que buscar esta automatización, puede llevarme más tiempo que el que me hubiera llevado hacer la tarea "a pie". Sin embargo, una vez que haya logrado automatizar la tarea, posible-mente la próxima vez que me toque volver a realizarla tal vez lo haga en una quinta o décima parte del tiempo, o incluso menos, del que tomaría hacer la tarea a pie. Y lo que me impulsa a hacer ese esfuerzo es precisamente la pereza. ¿Paradójico?

REGGATONEANO BOMBAS

Hombré, ahora venía escuchando un reguetón en la radio y noté que esa pieza en particular, era como una retahíla, entonces se me ocurrió que se puede crear un nuevo género: las bombas rapeadas o bien, si se prefiere, reguetoneadas.

Y entonces se me ocurrió la siguiente bomba regué-tonera:

Hola mamiiii,
Corazón de maníiii
Salaíto, salaíto
Pa robarte un rico besito

Oh sabanerito
Pues estás equivocaíto
mira mira mira papiiiiiiii
Muéstrame el billetitooooo

Ohhhhh mamiiiiii
Ohhhhh mamiiiiii
Pues el billullo en mí escasea
Pero todo mi cuerpo te desea

Entonces échale patrás
Echalé patrás

Échale échale, échale patrás
Y mi cuerpo no tendrás

Oh niña hermosita
Linda muñequita
Del cielo la más linda estrellita
Tengo salud y fortaleza
Y soy bueno pal trabajo
No tengo pereza
Si tú te vienes conmigo
No faltará comida en la mesa
Y de cariño tu cuerpo y alma llenaré
Y de amarte, abrazarte y besarte
No me cansaré
Oh niña linda preciosa
Dulce mariposa
Mi corazón por ti reboza
Y muy duro late
Cuando te tengo cerca cosita
Así que linda mujercita
Dime que sí de una vez
Y tu mundo llenaré de alegría

Pues papi sino hay harina
Tendré la panza vacía
Y quién pagará el gimnasio

Para estar linda para ti
No mijito lindo
Mejor se va pal bingo
a buscar futuro
Que este cuerpecito
No será suyo bebito

Uyuyuyyyy bajuraaaa
Ohhh mami
Ohhh mami
Ohhh mami

VÉRTIGO

Hará más de 30 años andaba por la Avenida Central y me encontré un compa super-mega-ultra-archi-hiper alto.

Para poder verle la cara, con exactitud, había que torcer la nuca en un ángulo de 90 grados.

Esa es la razón por la que, al encontrármelo, no le vi la cara, si acaso llegué hasta la barbilla.

Saludo al compa y seguimos caminando a la par, conversando, pero al cabo de unos 50 metros de caminar y conversar, me dice el compa, ¿oiga y usted me conoce? Acto seguido incliné la cabeza, en ángulo recto, con la mirada hacia arriba, y veo la cara del susodicho, ¡Y no era el compa que yo creía!

VAMPIROS EN LIBERIA

No sabía que existían y pensé que eran un mito, pero hoy me convencí que Liberia está plagada de chupasangres.

Ustedes saben que los vampiros aborrecen el ajo, le huyen, pues bien, yo he entrado en un proceso naturalista, o sea, volver a las raíces, y he decidido en adelante usar solo productos orgánicos. Pues bien, me hice un desodorante natural de ajo (en pasta) y colonia de ajo. Verán, el ajo tiene propiedades antioxidantes muy buenas. Por tanto, el ajo en la piel es absorbido por el cuerpo produciendo una acción muy positiva en el metabolismo y en el sistema inmunológico. Eso además de proteger contra el sudor por 48 horas.

Pero ocurre que hoy, cada vez que me acerqué a saludar a alguien, salían huyendo.

Conclusión: Liberia está plagada de vampiros.

SER FEO

Pues ahora que estoy en la segunda edad, analizo que ser feo, en esta edad, tiene sus ventajas respecto de haber sido guapo de joven. Un guapo a esta edad ya echa de menos su guapura, ya pasa la lozanía de la juventud, y ya no es visto como antes. Mira su juventud ya extinta con nostalgia, acaso con tristeza.

En cambio, uno feo, es todo lo contrario, uno ve esta edad con alegría, ya las depres de la adolescencia y juventud por haber sido feo, ya pasaron. Ya uno maduró y eso no le afecta, ya uno aprendió aceptar su fealdad y acaso, la mira uno con orgullo, hasta se pavonea uno en la hermosa fealdad de la segunda edad.

Así que alzo la copa y brindo por todos aquellos que hemos sido feítos, y conmino a que todos los feítos y feítas de mi FB que brinden conmigo. Ojo, no se admiten guapos y guapas brindando. ¡Salud!

DANCING WITH THE DAMISELA

A ustedes talvez les ha pasado que va uno por la calle y de repente se cruza con alguien y ocurre que cada quien cambia de lugar, por dar paso al otro, pero no pueden pasar y, al intentarlo, casi chocan.

Pues bien, ahora me pasó, venía por una acera y al llegar a un cruce coincido con una damisela, y entramos en ese trance de echar palante y patrás, intentando uno dar paso a la otra. Al final, resultó una "bailada" como de 5 o 6 pasos. Sin querer queriendo.

BAILE-BIRRA-DESPISTE

Toda mi vida he sido despistado, olvidadizo, quienes me conocen saben que es cierto. También quienes me conocen saben que me gusta mucho bailar, con respecto a tomar cerveza, pues en eso sí soy malito, a lo sumo dos y raras veces tres birritas.

Bueno, ¿a qué viene el cuento?... Ocurre que en estas fiestas santacruceñas me gusta andar de chinamo en chinamo bailando. Y bueno, al bailar sudo y me da sed y pues, me compro una birra, pero al llevar como dos o tres tragos, tiran unos piezones de baile y dejo la birra por algún lugar y me voy a bailar. Pero al terminar de bailar, ya he olvidado dónde dejé la birra. Entonces voy y me compro otra, pero vuelve a sonar otra pieza y se repite la historia.

Al final he pedido como 10 birras, pero si acaso me he tomado una completa.

COMIDAS EXÓTICAS - PATA ʼE CHANCHO CON FRIJOLES

Bueno, a la verdad, no es una comida exótica, lo exótico que voy a narrar es cómo lo preparan en mi pueblo. En mi barrio, le dan de comer a un chancho frijoles crudos con ácido fólico, durante una semana.

El ácido fólico contiene hierro y como el hierro es pesado, entonces los frijoles pasan directo a las patas del chancho.

Al cabo de la semana, cuando ya hay bastantes frijoles acumulados en las patas del porcino (alias chancho, cerdo o puerco), entonces se mata al chancho, se cortan las patas y se ponen a cocer, ¡no con aguja e hilo, no, en una olla con agua! Durante el proceso de cocido (deje de pensar en hilo y agujas) se echan especias al gusto.

SE ME FUE

Hoy pago las consecuencias de no haberla cuidado. Sabía que debía dedicarle tiempo todos los días. Cuidarla. Pero uno se deja llevar por las ocupaciones, y la descuida.

Siempre con el "mañana le dedicaré tiempo", un día y otro diciendo lo mismo, hasta que te das cuenta que la has perdido. Y ya es muy difícil recuperarla.

Es mi culpa, obviamente, y de nadie más. Era consciente de que esto podía pasar, pero, uno se distrae con el trabajo, siempre atendiendo lo urgente, y dejando de lado lo importante. Pero ya es tarde..., te has ido, y de nada vale "llorar sobre la leche derramada". Solo queda despedirme y espero algún día espero nos volvamos a hacer compañía. Adiós condición física.

ABUELA ALECCIONADORA

Escuchado por el Estadio de Liberia. Una abuela instruyendo a su nieta para enfrentar los duros avatares de la vida diaria. Aconseja a su nieta, tal vez de una forma poco sutil, pero de fijo, exhibiendo un pragmatismo propio de quien le ha tocado enfrentar duros procesos en la vida. Una forma poco convencional tal vez, pero muy efectiva de instruir a su nieta, de acuerdo a mi criterio y experiencia.

Algunos considerarán que es una frase sucinta, sin embargo, está cargada de mucha experiencia e información.

Dice la abuela a la nieta: "vos no tenés que dejarte joder de nadie babosa".

COMER CARNE EN SEMANA SANTA

Me pregunta un estimado amigo, muy amigo, o sea, del nivel "compa" –muy preocupado porque su dieta básica es de carnes rojas, las come de lunes a domingo–, sobre el consumo de carnes rojas en Semana Santa. Y es que él es conocedor de mi pasado religioso, como coordinador de la Pastoral Juvenil en Santa Cruz (sí, no haga esa cara que está haciendo, yo mismito fui eso), y como estudioso de la Biblia en mis años universitarios, y desde mucho antes, desde mi adolescencia.

Claro, algunos juzgaran mi pasado inverosímil, porque me conocen de la etapa adulta, mediana adulta, pero aquí tengo amigos en el "feis", que pueden atestiguar eso. Claro, no me sé la Biblia de memoria, tengo una pésima memoria, pero sí manejo sus aspectos generales, y sobre todo, soy muy bueno interpretándola, principalmente en lo que respecta al Antiguo Testamento.

Bueno, el hecho es que mi amigo, el carnívoro, me consulta, muy preocupado, si su devoción religiosa estará en peligro al probar la carne esta semana. Después de revisar nuevamente la Biblia, sobre todo aquellos pasajes que competen al tema en cuestión, le he dicho a mi amigo, y esto puede servir para otros que tengan igual preocupación, que "en Semana Santa se puede probar carne, lo que se debe es masticarla".

Bueno, esperando haber satisfecho la inquietud de mi amigo, y tal vez la de muchos otros y muchas otras (me resbala que la RAE diga que no puedo hacer eso), me pongo a la orden estos días santos para satisfacer cualquier otra inquietud religiosa.

Por cierto, toda la perorata anterior, cierta por demás, la hice no para hacer "vox populi" mis conocimientos en materia del cristianismo, sino como estrategia para evitar que menores de 20 años lean esto. Seguro estoy que ningún menor de 25 años llegará hasta el tercer párrafo y tal vez, solo un par treintones y treintonas lean hasta ahí. Lo que es casi seguro es que solo de 40 parriba lleguen hasta el final.

Esa es una buena estrategia para estratificar la lectura por grupo de edad, sino se quiere que güilas de cierta edad lean algo, cárguelo de texto.

SONRISA SINCERA

Cuando nos topamos o encontramos con otras personas, conocidas o no, normalmente aflora una sonrisa. Y, como todo en la vida, hay diferentes tipos de sonrisa, y hoy me encontré con una "sonrisa sincera", de esas que es un poco raro ver. Antes de describir el carácter de "sinceridad" de una sonrisa, vale la pena repasar otros tipos de sonrisa.

Está la sonrisa de amor de los padres a los hijos y viceversa, y también se puede hacer extensiva hacia otros familiares.

Está la sonrisa apasionada entre las parejas enamoradas. Está la sonrisa pícara, es esa sonrisa coquetona, juguetona, me pasa con frecuencia que como uno es una mezcla de "Yorsh Cluni", pasando por "Brad Pis" y tirando a "Dencel Guachinton", pues entonces hay damas y damiselas propensas a expresar este tipo de sonrisa "anzuelo".

Está la sonrisa asperezada, desganada como por compromiso. También está la sonrisa hipócrita, cuya falsedad se nota a leguas. Otra más es la sonrisa muerta, con ausencia total de vida.

Y por supuesto está la sonrisa sincera, que expresa alegría y ayuna de cualquier interés, cargada de espontaneidad. Me gusta esta sonrisa porque es usual en personas que no conocemos y por tanto no tienen ningún interés ni compromiso. Es una sonrisa que solo personas verdaderamente satisfechas con su vida pueden expresar. Mi voto es porque multipliquemos estas sonrisas sinceras, para traer más alegría y color a este mundo tan falto de buenas noticias.

LA GRAN HAZAÑA

Tal vez tenía yo unos 13 años, tal vez menos. Ocurrió una tarde que nos juntamos los cinco mejores jugadores de bolita (también llamadas, canicas, bolinchas o chibolas) de Barrio Buenos Aires, en Santa Cruz. Yo estaba ranqueado en el 5º lugar entre 5 jugadores, o sea, era el menos diestro de los que nos juntamos esa tarde para jugar.

Ahí estaba el temible *Cuerío*, era un carajo de una fuerza endemoniada en las manos y, bolita que pegaba, bolita que rajaba. Creo a más de un güila hizo llorar cuando le partió en dos la bolita (sobre todo si era bolita mejicana, de las más preciadas). Cuerío estaba de tercero en el ranking.

También estaba el temerario *Cejas*, este otro, que es mi primo, pegaba una bolita a cualquier distancia, tenía un pulso bárbaro. *Cejas* era segundo en el ranking.

Y después estaba el Messi de las bolitas, *Sanchún*; oigan, no había manera de escondérsele a ese güevón. Uno a veces ponía la bolita detrás de una raíz, ni se veía, y ese mae tiraba la bolita haciendo unos movimientos curvilíneos, parabólicos y la pegaba, por más escondida que estuviera. Los tiros de *Sanchún* eran como misiles teledirigidos, cuando tiraba la bolita, uno hasta podía verle la nariz a la bicha esa, donde iba oteando u olfateando en el aire buscando la trayectoria del objetivo, iba nariz afuera oliendo hasta que encontraba a la otra bolita, ¡y zaz!, la pegaba. *Sanchún* era el primero de la lista de los mejores.

El otro no recuerdo bien, pero creo que Alfredo *Chorizo*. *Chori* era arriesgado, osado, sin miedo, el hombre se le metía a cualquiera, nervios de acero. Este era el cuarto ranqueado.

Y bueno, estaba yo, que tenía pulso, pero no tanto como "*Cejas*", era lo contrario de *Chori*, miedoso, no me gustaba arriesgar. A un metro de distancia no fallaba, talvez mi única virtud.

Pero en esa tarde gloriosa, no sé qué pasó, jugando contra todas esas luminarias, contra lo mejor de lo mejor del barrio, ¡me gané 5 colones! ¡Ahhh claro!, ustedes dirán, ¿5 pesos? Pero he de decirles y explicarles el valor de ese monto. En primer lugar, una coca cola costaba 6 reales (0.75 colones) o sea, ese monto no era nada despreciable, pero eso no es tanto, sino es haberme enfrentado al *dream team* del barrio, en el juego de bolitas y haber triunfado. Ese triunfo es, para ponerlo en contexto, como que la selección mayor de fútbol le gane a la de Alemania un partido.

RAJANDO

No sé si será ese el término apropiado, fue el único que se me ocurrió.

Antes de contar la historia, quiero decir que es algo que me ha pasado a mí en clases, y creo que es probable que les haya pasado a muchos docentes. Uno está dando clases y de repente le hacen una pregunta que lo deja a uno fuera de base, ya sea porque no sabe, o en ese momento anda disperso, desconcentrado o tal vez otra razón.

Y entonces, al vernos en semejante aprieto, optamos por inventar cualquiera cosa en vez de reconocer que no sabemos.

Sucede que hace unos días atrás me reuní con unos estudiantes, estábamos revisando el avance de un trabajo final de graduación. Como era un fin de semana y a todos nos quedaba mejor reunirnos en el centro de Liberia, elegimos una soda y nos vimos ahí. Cuando llegamos a revisar los gráficos, había uno que realmente no sé entendía, o costaba mucho entenderlo.

Entonces le digo a los estudiantes, si un gráfico no se comprende rápidamente, entonces está mal elaborado.

Y este cuesta mucho entenderlo, es más, les digo, hagamos la prueba, a la par de nosotros estaba un señor, no sabía quién era, y le pedí el favor de que me dijera qué entendía o interpretaba de ese gráfico, y también le dije, "no se preocupe sino entiende nada, yo tampoco entiendo nada", lo cual era cierto.

El señor examina el gráfico (eran como dos histogramas pegados pero cuyos datos no correspondían con un gráfico de este tipo) y luego dice "bueno yo veo que unas barras suben y otras bajan, es que yo soy empresario y por eso lo entiendo, cualquier otra persona no entendería nada".

Rescato la buena disposición del señor en querer ayudarnos, sin embargo, me asaltó la pregunta, ¿por qué nos cuesta tanto admitir que no sabemos algo?

SERVICIO DE ACOMPAÑANTE
Ah, pero no es lo que ustedes se están imaginando.

Ocurre que hace añalalales, como decíamos de güilas, en el milenio pasado, cuando estudiaba en la universidad, tenía una novia que vivía en los linderos de la Sabana, en San José.

Y casi siempre que iba a marcar, al regreso, me venía a pie hasta la parada de buses de Sabanilla, en ese entonces, vivía ahí. O sea, recorría todo el Paseo Colón y la Avenida Segunda, hasta el edificio de la CCSS, que era por donde quedaba la parada.

Recuerdo que al menos en dos ocasiones me ocurrió que, al venir caminando, se me acercaron personas para decirme que si se podían venir conmigo.

Me imagino porque temían venirse solas, la primera vez fue una señora, casi anciana, y la segunda era un niño, más bien adolescente, tal vez de unos 10 a 12 años. Me sentía como Schwarzenegger o Rambo, protegiendo a los más débiles.

Hace poco andaba caminando cerca de mi casa, y delante de mí iba una señora, y al "rayarla" me preguntó si andaba caminando, le dije que sí, y me preguntó si se podía ir conmigo, para no andar sola. La acompañé como 200 m y la dejé cerca de donde iba.

Me hizo recordar los momentos ocurridos como 32 años atrás.

DE LA VIDA FARANDULERA, BOHEMIA Y BAILON-GUERA

Allá por 1993, en el mes y día que se quemó Santa Cruz, regresé al pueblo que me vio nacer.

Hacía poco me había graduado, venía con fuerte carro, un Hyundai Pony de una cabina, un *pickupcito* rojo.

En ese año fui a todos los bailongos y salones de baile en todo el cantón, y a los bailes más sonados, el del *Polvo*, del *Llavero*, el de *Los Guacales*, el de *La Resistencia*, y otros.

Cada fin de semana estaba yo en un bailongo. Lo mío no era tanto el "drinking" sino la bailadera. Ya hasta los músicos de los grupos musicales de Santa Cruz me conocían y saludaban, *La Dimensión Costeña*, *La Nueva Sétima* del finado Pikín y otros.

De todos esos bailongos, hay uno que no se me olvida. Ocurre que un día resolvimos ir a bailar a Villarreal de Santa Cruz, unas amigas y yo, eran tres damas muy hermosas, así tan hermosas como el chofer del carro, o sea yo. Vean, realmente, hasta el día de hoy, no sé cómo hice para acomodar a tan hermosas y bailadoras damas en ese carro que era de cabina sencilla, o sea, una sola cabina.

Pero esa no es la cuestión; si alguien ha ido a Tamarindo por Belén, seguro recordará la cuesta de Huacas: ¡Es un *cuestererón*!, bueno, pues a la ida todo bien, pero al regreso, cuando comenzamos a subir la cuesta, yo empecé a escuchar que al carro le comenzó a dar taquicardia, oigan, yo me asusté de veras y creía que ese carro no iba a subir, yo lo veía ya agotado y que se iba a venir para atrás. Les juro que yo nunca antes había visto a un carro entrar en sofoque con la lengua afuera, pero ese día yo lo vi, ese carro comenzó a abrir y cerrar la tapa delantera tratando de agarrar aire, por primera y única vez en la vida, vi a un carro sacar la lengua por ahogo, pero aun así a punto de infarto, logró subir. Pero ese carro, hasta tomaba bocanadas de aire cuando llegó a la cima...

DÍA DE LAS CULTURAS

Esta es una historia que me contó mi bisabuela, trata sobre su tatara tatara tatara tatarabuelo. Es una historia que vino pasando de generación en generación hasta los días de mi bisabuela. Cuenta ella que este ancestro, al que llamaban Nahontrë, que en Chorotega significa "Chancho Asustado", era una persona bastante apuesta, muy galán (algo así como yo), cortés y caballeroso, pero eso, muy pacífico. Él tenía un hermano Bichonahuarē (Caballo Emputado), que era un fornido y bravío guerrero chorotega, uno de los más valientes y fieros de la comarca del Diriá, y Guerrero Ocelotl (su rango de guerrero).

Ocurre que, por esos años, cada cacicazgo organizaba fiestas una vez al año, y bueno, era costumbre que los más bravíos hombres de cada comarca, acostumbraban a ir a estas fiestas a buscar pelea, cuerpo a cuerpo, sin armas, era una forma de demostrar su hombría.

Mi ancestro, *Chancho Asustado*, aunque tenía un rango de guerrero (Guerrero Zopilotl), nunca había asistido a una de estas festividades. Ese año, Nahuare (su nombre abreviado), le había dicho a Nahontrë que debía asistir a la primera de las fiestas que acontecieran. Y ocurre que la primera que hubo ese año, fue en la comunidad del Cacique Nambí, vasallo del gran Cacique Nicoa. Por esos días corrió el rumor que las princesas, hijas de Nicoa, irían a buscar marido, entre aquellos guerreros que ganaran las justas (peleas).

Ante la presión de *Caballero Emputado*, nuestro Nahontrë no le quedó más que asistir. Seis hombres de Diriá se presentaron en Nambí, una vez ahí, Nahuare, les indicó que todos los presentes debían pelear, caso contrario, serían objeto de sendos castigos, una vez de regreso en el hogar. Y así fue cómo, nuestro *Chancho Asustado*, hubo de pelear en estas justas. Y ese es el motivo de esta historia.

Muchas peleas hubo ese día, pero al ser los caballeros de Diriá de los Chorotegas más bravíos, se les dispensaron los combates preliminares, y los dejaron para la gran final. Esta fue la última pelea y de la que saldrían los futuros maridos de las princesas nicoyanas. Estos combates ocurrían dentro de una gran barrera, seis caballeros Diriá se enfrentaron a otros seis de diferentes Cacicazgos, de Nicoa, Bagatzí, Curime y otros más. *Chancho Asustado,* una vez dentro de este redondel, sudaba a chorros, nunca en su vida había estado en combate, ni ninguna pelea. Todo fue comenzar y cada guerrero buscó a otro para combatir, pero uno que no se movió, era el más flaco y famélico de los rivales, pero ningún guerrero Diriá lo buscó, "que raro", pensó para sí mismo Zopilotl, "seguro me lo dejaron por ser el más debilucho". Acto seguido fue en su busca, y al acercarse, el otro le dijo, hermano, estoy aquí contra mi voluntad, realmente no quiero pelear, así que te ruego, no me molestes. Pero Zopilotl, sabedor de que pasaría sino peleaba, comenzó a *jochar* a su oponente, a empujarlo y ofenderlo, hasta el punto que al otro no le quedó más que entablar pelea.

Solo una finta y un golpe duro a la quijada de Zopilotl bastó para derribarlo, de hecho, lo hizo levantado por los aires, pero al alzarse sobre sus pies, *Chancho Asustado* extendió los suyos horizontalmente, de tal forma que uno de estos fue a parar de forma contundente y con gran fuerza, sobre los testículos de su oponente. Ambos hombres cayeron al suelo, el de Diriá vaciló un poco en el suelo, pero aun medio mareado, se puso en pie, mientras el otro se revolcaba con fuertes dolores. De repente las peleas pararon, y los otros de Diriá se vinieron en carrera a felicitar a Zopilotl y alzarlo en hombros; ante su asombro, preguntó qué pasaba, y le dijeron "le has ganado al guerrero más valiente de toda la región, y eso te hace merecedor de la mano de la más bella de las princesas de Nicoa".

Esa es la historia, así que si ustedes se preguntan de dónde me viene lo galán y valiente, pues ya conocen la razón. ☺

ME CAMBIARÉ EL NOMBRE

La moda para algunos ahora parece ser volver al tiempo de atrás, a los tiempos ya idos, sin embargo, para no parecer que me devuelvo, que involuciono, mejor pondré el asunto desde una perspectiva de desdoblar el espacio-tiempo.

Y, como el universo es un proceso cíclico, acaso, circular, desde esa óptica justificaré el cambio que a continuación voy a realizar. En adelante me haré llamar referenciando al lugar de origen de mis antepasados, desde dos generaciones atrás, que es de las cuales tengo conocimiento.

Así que mi nombre completo será ALBERT ESPINOZA DE SIETE CUEROS Y SÁNCHEZ DEL RÍO DE ORO.

¿CONFLICTIVO YO?

Eso se debe a un déficit atencional mal atendido en la niñez y adolescencia. Pero yo definitivamente no podría culpar a mis padres. En una familia de seis hijos, la atención personalizada no podía ser.

Nada de mamá y papá ayudando en las tareas, ni fiscalizando lo que hacíamos, el asunto era "juéguesela como pueda".

En esos tiempos no existían esas cuestiones de hoy: que el síndrome del hijo de en medio, que dislexia, que intolerante a esta carajada o la otra.

Y antes no había eso de que "me gusta tal cosa o la otra". A mí no me gustaban los frijoles, pero me servían gallo pinto, y lo que hacía era sacarle todos los frijoles y me comía solo el arroz. Ahora, si a Fernandito no le gusta el atún verde, pues le cobramos el azul, sino come pollo le compramos *bistecsito*, no no no, eso antes no era así. No come pollo, bueno, entonces come solo arroz y frijoles. Así que, si creen que soy conflictivo, ya saben cuál es la causa.

COSAS DE LA VIDA

No sé si a ustedes les pasó algo similar, pero yo cuando estaba en el colegio tenía pensado para mí algo distinto.

Si algo tenía claro era que mi vida iba a ser simple, por salir del colegio me iba a ir a trabajar con mi abuelo materno en la producción de café, luego me casaría y tendría muchos hijos. Así me veía en el colegio. Estudiar en la universidad no era algo que me pasara por la mente.

A mí me gustaba mucho la agricultura y me había pasado toda la adolescencia sembrando matas de cuadrado, plátano o banano. Algunas veces probé con hortalizas como chile dulce, culantro, rábano, tomate y algunos tubérculos como yuca y tiquizque. También probé con pipián. Lo cierto es que de todo eso solo tuve éxito con las vainicas. Una vez tuve una producción brutal de unas vainicotas de más de un metro, todas hermosas. Pensé en exportar, pero no había un puerto tan grande para semejante producción. En fin, aunque solo tuve éxito con las vainicas, yo decía que mi propósito en la vida era ser agricultor.

Mi mamá sabía de mi idea –sabedora de lo duro que es esa vida, creo que no compartía mucho esa idea–, pero las mamás son muy inteligentes, y la mía no me decía, así de *sopapo*, que no siguiera esa idea.

Lo que me propuso fue lo siguiente: que hiciera el examen de admisión de la U y que si lo perdía entonces me fuera a trabajar con mi abuelo. Bueno la cosa es que estuve bastante lejos de perder el condenado examen ese, por lo que no me quedó otra que ingresar a la U (en ese entonces la única opción era la UCR).

Bueno pues, entré, pero me dije "saco solo bachillerato y hasta ahí llegó, me pongo a trabajar y ya". Pues la cosa es que cuando saqué el bachillerato, me di cuenta que con eso ya no era suficiente. Y tuve que seguir con la licenciatura.

Unos años de trabajar ya licenciado y la cosa no pintaba bien, entonces tuve que sacar una maestría para ampliar mis horizontes laborales. Y así llegué a dónde estoy ahora. Pero si me preguntan, nunca me vi tomando el derrotero actual.

HISTORIAS DE HERMANOS MENORES

No preciso bien, creo que yo tendría como 17 o 18 años más o menos, y mi hermano menor, el *cumiche*, estaba aún de meses. Ese día yo había realizado una actividad física, no recuerdo bien cuál, pero sí que en la noche estaba agotado en grado sumo (es un nivel entre bastantísimo y demasiado). Tampoco preciso bien, pero mis padres se ausentaron esa noche junto a mi hermano Miguel, que es el tercero en la línea de sucesión al trono. Creo que el motivo de la ausencia era que mi hermana, la que me sigue a mí, o sea la segunda, porque yo soy el mayor, se graduaba esa noche. La cosa es que se fueron ellos y me dejaron a mí con mi hermana Kate que tendría como 11 años, mi hermano Anthony como de 4 años y mi hermanito menor.

Dejaron a mi hermana para que ayudara con el cuido de las güilas menores, pero la ayuda no duró mucho, rápido se durmieron ella y el quinto en línea de sucesión. La cosa es que creo que mi hermano menor estaba durmiendo y de repente se despierta. Ojo que yo estaba casi occiso por el cansancio, la cosa es que se despierta el hombre y comienza a llorar a moco tendido, bueno entonces lo agarro y lo comienzo a chinear y a cantarle (aa aa aa aa aa aa), al rato se duerme. Pero no más acostarlo en la cuna y, ¡zaz!, que se despierta y comienza a llorar. Bueno lo agarro, lo chineo y repito el proceso anterior, claro que esta segunda vez yo creo que yo estaba más en modo zombi que otra cosa, al rato consigo dormirlo, y lo vuelvo a acostar. Y otra vez comienza a llorar. Por tercera vez repito el proceso, esta vez yo estaba más dormido que otra cosa, y al volverlo a acostar "uuuuuaaaaaaaaa..." rompe a llorar otra vez. Por cuarta vez lo vuelvo a alzar y a chinearlo y a cantarle, pero esta vez juro que estaba más dormido que despierto. Valga decir que mis padres me habían dicho que no pasara cerrojo de la puerta para poder entrar con la llave. Eso lo olvidé y le pasé cerrojo. Cuando por fin se durmió el nene, voy lo acuesto a dormir, y lo último que recuerdo fue sus ojos abriéndose ... No recuerdo más de esa noche. Al llegar mis padres estaba mi hermanito a lágrima viva, eran como el llanto y gritos de mil Magdalenas juntas, tratan de ingresar por la puerta principal y no pueden (esto me lo contaron), comienzan a revisar las ventanas hasta que dan con una que no tenía cerrojo y pudieron ingresar.

"JALOGÜIN" Y EL DÍA DE LOS DIFUNTOS

Me imagino yo que estas celebraciones tienen un origen ancestral común, allá como cinco siglos antes de Cristo. No debe ser casualidad que se celebren prácticamente en la misma fecha. Nacieron juntas, pero en algún momento se separaron tal como hicimos nosotros con el mono, según las teorías evolucionistas.

Hoy de repente amanecí pensando en eso, en el día de los difuntos, que se celebrará mañana en el país, y recordé cuando estaba güila, cómo suspendían clases en la tarde para ir al cementerio a recordar a los familiares muertos. Y comencé a pensar también en las diferencias entre estas celebraciones.

Mientras "Jalogüin" se dedica a despertar muertos, a los cuales parece no gustarle mucho el asunto, porque tanto en las películas se ve a los zombis enojados con cara de pocos amigos, así mismo se ven muchos zombis en la noche de "Jalogüin", no tan "chivas" (enojados), como los de las películas, pero sí caminando parecido y con otros comportamientos similares. El punto es que esta celebración se dedica a sacar a los muertos, espantos, y otros bicharejos del inframundo (otro mundo), y de este mundo también, cosa que les provoca enojo, espasmos y locura en general; mientras, el "Día de los Difuntos", en cambio, es justo lo contrario. La gente este día les lleva flores, se reúnen en alrededor de la morada y se dedican a la meditación, a la oración y a recordar los momentos cuando nos acompañaban en este mundo. Ahora que recuerdo los días de infancia visitando nuestros difuntos me llega cierta nostalgia, era el momento de pensar en los seres queridos que se nos adelantaron, creo que eran momentos bonitos, los pocos al año que quizá nos deteníamos a pensar solamente en ellos. Ahora cuando fallece algún familiar y vamos al cementerio de Santa Cruz, siempre vamos a la tumba de mi hermana fallecida al momento de nacer, mis hijas le llaman la Tía Bebé, y ese definitivamente es un momento que me trae gran solaz, porque en ese momento estoy pensando solamente en ella y cómo hubiera sido su vida.

LAS QUIMIOCLETEADAS:

Estaba leyendo el comentario de una amiga del FB que cayó enferma un día después de ir a cletear, nada más que en su caso la enfermedad no tiene relación con la cleteada, pero eso me hizo recordar la vez que yo sí me enfermé debido a una cleteada. La cosa es que, por esas cosas de la vida, tuve que recibir quimioterapia por una enfermedad, pero en esos días yo le ponía bonito a la cleteada. La cuestión es que la primera quimio me la pusieron un jueves, y parte sin novedad; pensé entonces para mis adentros "ah me lo voy a tirar suave con esta quimio", porque en realidad la gente le ha hecho mala fama. Al día siguiente (viernes) me sentía *fosforón-fosforón, gallo-gallo*, así que al día siguiente (sábado) resolví irme a cletear, y me fui, acompañado de mi fiel compañera de cleta (poseedores ambos del récord de ser los últimos lugares en las recreativas de Liberia). Todo transcurrió con normalidad, viajecito suave al Salto.

Bueno, viene la segunda quimio, quince días después, también día jueves, y de nuevo parte sin novedad, y me dije "otra vez dije a cletear, estas quimios son puro cuento, pura mala fama que les han hecho". Así que nuevamente el sábado siguiente a esa segunda aplicación, otra vez me fui a cletear, de alguna forma me sentía medio tranquilo, porque la fiel compañera es médica, otra vez la ruta transcurrió con normalidad y más o menos como a las 10 a.m. regresamos. Sin embargo, esta vez, como a las 12 mediodía, me comencé a sentir medio fregado y al rato comencé a vomitar y vomitar y se me subió la presión. Entonces, sí me asusté, "ah carajo", me dije, "esto me pasa por andar jugando con estas cosas". Bueno, la cuestión es que pasé toda la tarde jodido, pero ocurre que ese día jugaba Costa Rica-México por las eliminatorias para Sudáfrica, y el partido era aquí en el país. Entonces, me dije, bueno tal vez el partido me anime un poco, y viene el partido y pierde la selección 0 a 3 y peor me puse, y entonces decidí irme para el hospital. Ahí pasé como hasta la 5 a.m.

A partir de ese día me dije "la cosa no es jugando", y viene la tercera quimio, y esta sí me jodió, esta me puso tres días en cama, y vino la cuarta, y está me mandó una semana a la cama, y ya la debilidad en mi cuerpo era notoria. ¿Y la cleteada? Ah pues no dejé de cletear, nada más que ahora esperaba una semana de recuperación para montarme en la bici. En una de esas giras, a otra compañera también médica, prácticamente me le desmayé al llegar al destino.

Lo más curioso del asunto es que, actualmente, mi condición física es significativamente más paupérrima que cuando me ponían la quimioterapia. Quiero expresar mi agradecimiento para las y los compañeros cleteros que me apoyaron en ese trance de la vida, ellos y ellas saben quiénes son, no digo nombres para no dejar a nadie por fuera.

"LE VAMOS A DAR DE ALTA"
Antier tuve la última cita de un largo proceso de trabajo contra una enfermedad. Y después de ver los resultados, eso fue lo que me dijo la médica especialista. Yo creo que ella esperaba seguro que yo diera brincos de alegría, pero mi cara fue más o menos esta. Pues sí, estaba alegre, contento, finalmente me quitaba de encima "la espada de Damocles" pendiendo sobre mi cabeza. Pero me quedaba cierto temor, me sentía como cayendo en el vacío, como que en adelante iba a estar desprotegido. Es una cosa rara, muy rara, creo que solo quienes han pasado por algo similar lo saben. Cada cita de control (antes dos veces al año luego solo una vez al año), era como un morir (antes de la cita), para revivir nuevamente después de la cita. Siempre latente el temor de que te dijeran que había vuelto algún tumor u observaban algún rasgo de la enfermedad. Es una extraña ambivalencia. Por mi mente pasaron todos los eventos relacionados con eso: cuando me dieron la noticia, la llorada que me pegué, a la par de uno de mis compas del alma. También recordé la primera quimio y uno de esos ángeles que ponen en el camino de uno que, con el mayor desparpajo posible,

me contó todo lo que él había pasado (con una enfermedad muy similar a la mía), así con la mayor tranquilidad del mundo, y fue lo que me contó y de la forma tan casi jocosa que me lo contó (oigan ese carajo casi se muere y me contaba eso como si uno contara la aventura en un baile), me dio la fortaleza y tranquilidad para afrontar todo lo que se vino luego.

Cada situación de cáncer es muy diferente, muy muy diferente, aunque los tratamientos son similares, casi nunca son iguales. Hay muchas situaciones que los hacen diferentes. Así que no se pueden generalizar las situaciones.

Mientras la médica hablaba de todo el proceso que ya finalizaba, por mi mente seguían pasando las sesiones de quimioterapia, radioterapia, exámenes de sangre, madrugadas para ir a las citas de radio o quimio.

Pero si ustedes me preguntan qué fue para mí lo más feo, pues no les voy a decir que fueron los efectos de la quimio (mucho debilitamiento, pérdida del gusto, náuseas, etc.), o del radio (náuseas, vómitos, quema de las zonas donde aplicaron la radio), lo más feo fueron los TAC por medio de contraste. ¡Qué cosa más horrible!, eso sí lo hace sufrir a uno.

Cada vez que me iba a hacer una cosa de esas, primero me daban a beber un líquido (que para muchos es horrible, para mí no), pero le daban a uno como dos litros de esa cosa con agua. Hasta que la vejiga estuviera a punto de reventar, eran unas ganas endemoniadas de ir a orinar, pero uno no podía ir, y así lo hacían sufrir más de una hora. Cuando finalmente lo pasaban a uno al TAC uno sentía cómo se le salían chorritos de orines como a los bebés cuando les están cambiando pañales. Y si me preguntan qué es la cosa más placentera que he probado en la vida, les diré que es pegarse una orinada después de una de esas sesiones de TAC por medio de contraste.

SOBREVIVIENDO AL GIMNASIO - LAS RUTINAS
Ante todo, diré que prefiero los deportes o ejercicios al aire libre que entre cuatro paredes y bajo techo (bueno con alguna excepción). Pero sino queda de otra, ni modo, entonces el gimnasio. Y aquí, algunas recomendaciones para sobrevivir a este lance.

1) Primero que nada, usted es el que se conoce bien (usted sabe lo chapa que es), pero el instructor no lo conoce; esa persona, como ocurre casi siempre e irremediablemente, hace una proyección de sí mismo en usted, y entonces le sugerirá unas rutinas infartantes. Usted le puede pedir sugerencias, pero no las siga al pie de la letra (del instructor), porque corre

riesgo de sofocación *in extremis*, agarrotamiento, tortícolis y desmayo prematuro. Haga la mitad de lo que le dice el instructor.

2) Practique la filosofía de A-A (asfixiados anónimos) de "un minuto a la vez". Concéntrese en un minuto a la vez, que esa sea su meta, no piense en la hora que le queda por delante de ejercicios, piense solo en el minuto en que está sufriendo en ese momento.

3) Es importante tener un espejo al frente en todo momento, para ver las tonalidades de color que va tomando su cara, la cual puede variar desde un "blanco difunto" en el extremo izquierdo hasta el morado saprissista (después de caer ante la Liga en un clásico), en el extremo derecho.

Si se va acercando peligrosamente a cualquiera de estos extremos, entonces desacelere y vaya parando paulatinamente, hasta que el color tome un rojo o rosadito, entonces manténgase en ese ritmo.

4) Último consejo, pero no menos importante, por favor, en todo momento evite mirar hacia el entorno que está plagado de distracciones, las cuales pueden acelerar el ritmo cardiaco. Y esa combinación de distracción externa más sofocación interna, podría elevar la frecuencia cardiaca de manera exponen-

cial, acercándolo a nivel de infarto en cuestión de milisegundos.

SOBREVIVIENDO AL GIMNASIO - LA ZUMBA

Primero que nada, es importante decir que he sido un bailador toda la vida, no hay salón de baile en toda la bajura que no haya pisado. Sin embargo, ni *el baile del polvo*, ni el de *los huacales*, ni el de *los llaveros*, ni el *de la resistencia,* ni tampoco los bailongos de toda la noche de las fiestas de enero en Santa Cruz, con "brincoteos de Diana" incluidos, me prepararon para los violentos movimientos de *la zumba*. Esos ritmos para lo cual no hay ecuación matemática que puede simular la trayectoria de dichos movimientos, no son cosa de este mundo.

Segundo, la instructora era una *damisela* muy pero muy atlética, que hacía unos movimientos gimnásticos para los que no estaba preparado ni genética ni socialmente. Esos ritmos sinuosos capaces de poner al corazón en el limbo, retaban las más sesudas teorías físicas de Newton.

Tercer consejo, si su estado físico es deplorable, "ergo, se cansa si va a la pulpería a pie", se cansa si sube las escaleras a un segundo piso o si se enratona al ir al parque en bicicleta, entonces mejor no haga zumba porque "eso es cosa de valientes".

SOBREVIVIENDO AL GIMNASIO - LA MAGIA DE LA MÚSICA

Normalmente el gimnasio siempre está lleno de música, usualmente ponen mucha música tecno o electrónica, aunque también es frecuente escuchar música tropical cuando están las clases de zumba. La música hace que la sangre circule y sienta uno en el cuerpo vibrar la energía, las endorfinas comienzan a pulular como sardinas en un humedal que se seca. El cuerpo se contagia del ritmo de la música y el desempeño físico mejora. Y de cuando en cuando suena una pieza como El ojo del tigre...

...Fue a la distancia / Ahora no me va a detener / Solo un hombre y su voluntad de sobrevivir / El ojo del tigre

y es ahí cuando el cuerpo sufre una transformación kafkiana y entonces siento que se me sale el *Rambo*, el *Hulk* que llevo dentro y hago que salga humo de la caminadora o de la elíptica incrementando la velocidad a niveles de Flash o Speedy González o del Correcaminos, es cuando paso de levantar de 30 a 120 lb.

¡Pero hoy fue un día diferente!

Hoy, a diferencia de otros días, cambiaron la música y pusieron villancicos navideños, y entonces la transformación fue de otro tipo: en vez de superhéroe pasado de proteína, pasé a sentirme como querubín de pascua con todo y arpa celestial. En vez de zancadas a lo Nery Brenes en olimpiada, pasé a danzar como Nadia Comaneci. De físico culturista potencial pasé a sentirme como nadador de nado sincronizado. Definitivamente la música juega un papel transcendental en el gimnasio.

MERCADO CENTRAL DE SAN JOSÉ

Llega un señor bastante mayor a una soda del mercado, son las 8 a.m.

Mesera: señor, ¿que se le ofrece?

Señor: ¿tiene casados?

Mesera: no señor, pero le ofrezco pinto con huevo, o bistec, o ...

Señor: bueno deme un casado con bistec ...

ELECTROCARDIOGRAMA

Hoy, como todos los años, ando en cita para hacerme un electro. Y siempre me acuerdo de la primera vez que vine. Ocurre que la enfermera me dio las instrucciones, pero seguro por lo nervios, no puse atención. El asunto es que me dijo que me levantara la camisa y me subiera el ruedo del pantalón. Bueno en la primera parte lo hice tal cual el protocolo, pero en la segunda parte me equivoqué y en vez de subirme los ruedos a la rodilla, me bajé el pantalón a ese punto, que era lo que me parecía haber escuchado. No se me olvida la cara de susto de la enfermera cuando se dio vuelta y me vio en semejante cuadro, "ay muchacho" me dijo, "era que subiera los ruedos a la rodilla"...

LA POZA *EL GUABO*

Mi mamá, la mejor mamá del mundo, je je… Para no romper el protocolo, pero sí, es la mejor del mundo. Era muy preocupada y bastante nerviosa, razón por la cual no nos dejaba ir al río a bañarnos, porque le daba miedo que nos pasara algo.

Entonces lo que hacíamos, era que aprovechábamos cada vez que íbamos a recoger mangos, ahí por donde está la Coopeguanacaste R.L., oficinas centrales, después del puente del Río De En Medio. O bien, cuando íbamos a *Campero* a recoger nancites, camino a Santa Bárbara de Santa Cruz, cuando íbamos por esos rumbos, a la vuelta nos pasábamos bañando por la poza *La América*, poco antes del dicho puente del Río De En Medio. Pero entonces, después de la bañada, mi hermano Miguel y yo ejecutábamos un protocolo, agarrábamos el calzoncillo Olympo Crown, je je, usualmente con huecos, y lo restregábamos a más no poder para dejarlo lo más seco posible.

Después nos peinábamos con las manos lo mejor que podíamos. Y llegábamos a la casa, y parte sin novedad. También aprovechábamos para bañarnos en el río cuando íbamos a pescar, usualmente con mi primo Martín y otros güilas de la calle donde vivíamos. Cuando íbamos a pescar pasábamos todo el día en el río desde las 7 a.m. hasta las 3 o 4 p.m.

Pero yo siempre tenía la duda de si mamá se daba cuenta, y tal vez se hacía la que no. Porque uno cuando uno va al río la piel le queda color cenizo.

Bueno, la cosa es que un día jugaba el equipo de mi barrio en Barrio Limón, ahí donde ahora está la Universidad Latina. Entonces fuimos varios güilas del barrio, en cuenta mi hermano Miguel y yo. Al terminar el partido, nos venimos para la casa, pero por dentro, por el río, pasando por la poza El Guabo, en ese entonces era una poza de aguas azulitas, cristalinas. Nos venimos en varios grupos, pero en el grupo que venía yo, no venía mi hermano. La cosa es que se les ocurre, al grupo mío, pasar por El Guabo, bueno, nos bañamos y después cumplí con el protocolo de siempre, agarrar el calzoncillo, enrollarlo y retorcerlo hasta que quedara lo más seco posible. La idea era que no mojara la pantaloneta, o short, porque si se veía mojado se iba a dar cuenta mi mamá que habíamos pasado por el río. Y yo seguía con la duda, ¿sabrá que nos bañamos y no nos dice nada?, o, ¿es que de verdad no se da cuenta?

Pero ese día quedó la duda despejada, solo que, voy a hacer como en las novelas, quedo aquí y continúo en el próximo capítulo. Y ahí los dejo con la duda, pero me gustaría saber, ¿qué creen ustedes?, ¿mi mamá sabía ya o no se daba cuenta que nos pasábamos bañando por el río?

La cuestión es que después de bañarme en la poza hice el ritual de siempre y me fui para la casa. En ese lapso que estuve en el río, no llegó mi hermano.

Bueno llegué a la casa y mi mamá me sirvió de comer, y parte sin novedad.

Allá al rato llegó mi hermano, pelo mojado, short mojado, diay con todas las evidencias de haber pasado por el río. Entonces mi mamá le dijo, ahhh con que bañándose en el río sin permiso. Y lo pasaron por el *varejón*, alias *chilillo*. Entonces yo me dije para mis adentros "no, no sabía". Y colorín, colorado .... Por cierto, que hoy está de "japi verdei" mi madre, así que le mando un gran abrazote con besote incluido. Feliz tarde.

UN DÍA CUALQUIERA EN LA ENTRADA DEL HOSPITAL DE LIBERIA

"...pipianes a tres por mil, pipiánnnnnnnnnnn, lleve el pipiánnnn"..., pues sí, como te contaba, mi primillo agarró la moto del tata, se la llevó sin permiso y en una vuelta, ¡pum!, se va cayendooo... "ahhh sí, pipián, cuántos le damos..."

"Pasteles, pasteles, ricos pasteles, de carne y arroz con pollo, pastel...", viera comadre que apenas con 15 años y va saliendo embarazada la güila, ¡ayyy!, yo no sé dónde tienen la cabeza esas jóvenes de... "sí, ¿de qué lo quiere?, ¿de arroz con pollo o carne?..., ¿quiere fresquito? Tengo de horchata, de frutas..."

¡Lleve La Extra, La Nación, La Tejaaaaaaaaaaaa, La Extraaaaaaa! "Ah, ¿qué, que si tengo cambio? Sí hombré, monedales, vení, ¿cuánto querés, mil pesos?, Nombréeeeeeeeeee, no me jodás, pensé que..., ¿qué le doy don, La Teja?"

"¿Pipa lleve la pipita, cuide sus riñones, tome pipaaaaaaaaaa"..., pues sí, como te contaba, le va pegando un turcazo el broder al Hugo, que lo dejó tendido en el suelo, pero eso no fue lo peor, fijate broder que, ... ¿sí quiere pipita doña?, sí, a 500 colones la pipita, ¿cuántas le doy?"

EL FALLO DE UN AMIGO

Hoy me falló un buen amigo, no me lo esperaba. Hoy, en un momento de apremio para mí y la familia, ese amigo se rehusó a acudir en mi ayuda.

Ese amigo para el que siempre he estado presente, ese amigo al que nunca le he fallado, pese a sus constantes peticiones, (incluso algunas veces hasta de forma agresiva), para que yo llegara en su auxilio ante necesidades tan básicas como la alimentación. Ese amigo, hoy, al que casi le supliqué la ayuda, se negó, pero no solo se negó, sino que además de negarse, se enojó, casi actuó con ira.

Hoy que necesité de *Mango*, mi gato, mi amigo, para enfrentar una culebra, me dejó solo, y tuve que hacer frente al reptil, mezcla de boa constrictor, cobra y mamba negra, realmente un espectro de serpiente, algo nunca antes visto y terriblemente abominable, tuve que enfrentarla solo. Eran largos y tenebrosos 10 cm de carne ondulante que, con mirada fría, chispeante y emanando fuego en sus ojos, me helaba la sangre. Finalmente me llené de inmenso valor y provisto de un palo, ahuyenté a semejante monstruo, saliendo indemne, ileso de tal aventura, que ahora puedo contar ya a salvo del espeluznante suceso 😁

MI GATO Y YO

Mi gato y yo: aquí estoy sentado con mi gato, *Mango* es su nombre, me maúlla emitiendo un sonido lastimero que no es de enfermedad, tampoco es de hambre, creo que es solo de compañía, escasas veces compartimos momentos como estos, siempre el trabajo u otros compromisos lo impiden. *Mango* es un ser vivo, y como todo ser vivo, como muchos seres vivos, necesita sentirse amado, querido, necesita saber que le importa a alguien y la mejor manera de demostrárselo es compartiendo, prestándole atención, estando ahí conscientemente para él. Ahora borre la imagen de *Mango* el gato y ponga ahí la de sus hijos, hermanos, amigos, madre, padre, compañeros, etc., y analice si hay un tono lastimero en su maullar.

MANGO EL CAZADOR

Este es *Mango,* el gato guardián de la casa, él es el causante de que en la cuadra donde vivo no haya ratas, ni ratones ni zanates ni serpientes (a las no venenosas no les hace nada, hizo una alianza estratégica con ellas para la caza de ratas y ratones). Sin embargo, también nos ha metido en problemas, un día venía con un puma en el hocico y fue todo un problema quitárselo, vale que el puma venía todo maltratado, pero se salvó. El MINAE casi nos denuncia. Y ya ha matado como tres perros de traba que lo han atacado a él, en la calle. Tal vez ustedes escucharon hablar de la anaconda del Tempisque, pues bien, los bomberos de Liberia nos pidieron a *Mango* para cazarla y así lo hizo. Si ustedes van al Cuerpo de Bomberos de Liberia, verán una manguera veteada, pues esa es la anaconda convertida en manguera para sacarle provecho.

LA ANACONDA DEL RÍO TEMPISQUE

Según informan los vecinos, los víctimas que ha cobrado hasta ahora la anaconda del Tempisque son las siguientes: una yunta de bueyes con todo y carreta, una embarcación con 10 turistas a bordo, 5 que andaban "vineando" con todo y bote, dos políticos en busca de votos (parece que después de esto la vieron sobándose, al parecer le dio empacho), 3 pacifistas que trataron de convencerla de parar la guerra contra la especie humana, 4 vegetarianos que le hablaron sobre lo nefasto de consumir carne, 6 pescadores y 8 bañistas. Además, dicen que la han visto en amoríos con un cocodrilo. Cualquier información por favor reportarla al teléfono 8888-8888, sino contesta, ya sabe por qué es.

¿MANGO Y JAGUAR BLANCO?
¿Ha visto uno alguna vez?

Si su respuesta es SÍ, es de los pocos o muy pocos que lo hicieron.

Bueno, ocurre que tengo un gato llamado *Mango*, no es un jaguar; es solo un gato. ¿Pero entonces usted se preguntará a qué viene la perorata?

Y, ¿qué relación tiene *Mango* con los jaguares blancos que, valga decir, eran más grandes y feroces que el jaguar común?

Pues ocurre que este gato mató, mejor dicho, cazó, al último de ellos 😌😣😣😣. No es una noticia que me agrade, pero fue la naturaleza actuando contra la naturaleza.

Usted pensará que es algo exagerado, pero no lo es. Después de cazar a este último jaguar de su especie, *Mango* cazó a la anaconda del Tempisque. De 15 metros de eslora, digo, longitud. Y también mató o se comió al cocodrilo de playa Flamingo.

Ahora tal vez usted estará diciendo, "¡qué jetonada! ¿Cuál anaconda? Si yo nunca vi ninguna en el Tempisque". Pues precisamente esa es la evidencia, no las vio porque *Mango* las cazó y mató.

JUAN DE LEÓN

Ahora que veo ese rótulo de Juan de León, ahí hay un cruce de caminos, para la izquierda va para un caserío llamado Zapote y para la derecha, para la comunidad Jabillo. Creo que fue en 1995 que me tocó ir hacer una encuesta a Zapote, y en esa época no entraba bus. Tenía que ir ahí, luego a Jabillo. O sea, ir a Zapote a hacer las encuestas y regresar a Juan de León para ir luego a Jabillo a hacer otras. Para Zapote no había bus, un señor me hizo *ride* y llevaba el carro lleno de gallinas y un chancho. Luego regresé a Juan de León no recuerdo cómo, y cogí para Jabillo a pie. Nunca olvidaré eso. A los estudiantes les cuento esta historia, cuando hablo del tema de las encuestas "cara a cara" y el costo económico y de tiempo que representan.

Aquí la evidencia de que Juan de León existe

PSICÓLOGA(O) VRS REDES SOCIALES

Si usted necesita un instante liberador, catártico, creo que es mejor acudir a un psicólogo o psicóloga, que usar las redes sociales. Verá, si usted usa las redes sociales para dar rienda suelta a sus enojos, frustraciones o iras, mucha gente se dará cuenta de su estado actual neurótico y casi psicopático. O como reza un argot popular en mi pueblo: usted está "jodido del yoyo".

Además, se expone a que alguien le diga una "pachotada" que posiblemente incremente su nivel de malestar psicológico.

En cambio, si usted va a consulta psicológica, seguro hará una erogación, pero solo el o la profesional se dará cuenta de que usted anda con un "tornillo zafado" y posiblemente no lo cuente a nadie más, con lo cual salvará su dignidad. Además, muy probablemente la psicóloga le diga algo que l@ haga sentir mejor. 😁😁😁

ALGUNA VEZ FUI GUAPO

Yo alguna vez fui guapo. Recuerdo que en ese tiempo una voz siempre me lo recordaba y sí, pues en ese tiempo era guapo. Yo sé que ahora que ustedes me ven así, más hermoso de la cuenta, tal vez lo pongan en duda, pero les aseguro: ¡Yo fui guapo, muy guapo! Lo que no preciso es cuándo dejé de serlo. Pero hoy finalmente lo recordé y el último día que fui guapo curiosamente coincidió con el día que dejé de vivir en la casa de mi madre para irme a estudiar a la capital 😊

INDIGNADO

Llego a un supermercado y al llegar a la caja está delante de mí un turista pagando. La joven cajera está que se derrite en sonrisas y atenciones con el cliente extranjero. Cuando me toca el turno, al verme, la cajera cambia la expresión y se pone seria y fría. Ni una sonrisa, y toda cortante en la atención.

Al irme me digo por qué del cambio en la atención.

Cierto es que el turista es más joven, pero, ¿y qué?

Que el turista es más guapo, pero, ¿y qué?

Que el mae es atlético y musculoso, pero, ¿y qué?

Que el mae es simpático, pero, ¿y qué?

Que tiene más plata que yo, pero, ¿y qué?

Al final de cuentas me digo, yo a ese mae lo supero: gramo a gramo de carne soy mucho más que él, y no tiene este hermoso abdomen que tengo yo. 😁😁😁

SOLILUNA

Una vez conocí una chica que se llamaba Soliluna. De día le decían Sol y de noche le decían Luna.

CAPACIDAD DE ABSTRACCIÓN
Por Dr. "Oliz Ke Ando"

Este filósofo sueco-japonés ha estudiado mucho sobre este tema. Básicamente es la capacidad para profundizar en el análisis de diversos elementos o fenómenos del quehacer humano.

La capacidad de abstracción es poder ver cosas más allá de lo obvio, más allá de la simple vista.

Todos tenemos esa capacidad, en niveles diferentes y áreas diferentes, por ejemplo, los escritores tienen una imaginación fenomenal, se les ocurren cosas que a los demás nos costaría imaginar.

Un escultor tiene la capacidad de ver una figura dentro de una roca o un tronco de árbol. Pero no solo tiene la capacidad de verlo, sino también de sacar a la luz esa imagen.

Igual un futbolista como Messi, tiene la capacidad de ver una jugada de fantasía y tiene la capacidad de realizarla.

Hay quienes tienen la capacidad de ver y profundizar en el alcance de las palabras y los conceptos. Como un filósofo, o un filólogo.

Y así podría seguir.

Ahora pregúntese: ¿Cuál es su capacidad de abstracción?

HE DECIDIDO DEJAR LA ACADEMIA

Hoy me ocurrió un acontecimiento inédito, impartiendo lecciones, ¡se me durmieron 7 estudiantes!

Antes, se me habían dormido 5 o 6 pero jamás 7. Eso ha sido un golpe duro, y creo que llegó el tiempo del retiro.

Pero dado que todavía no estoy para pensionarme, es necesario que busque una actividad alternativa para llevar el sustento a mis aguilitas (entiéndase hijas).

He considerado varias opciones, pero creo que el canto, es la más viable y que me ofrece mayor potencial de desarrollo.

¿Por qué lo digo? Porque he observado a mis amigos aplaudir y gritar de forma desaforada, cada vez que he cantado en un karaoke en algún bar. Tal ha sido el apoyo cuando canto, que luego pido ronda para todos los presentes para expresar mi gratitud.

Así que es en esa actividad donde veo mayor oportunidad de obtener ingresos económicos. Lo que no he decidido todavía es el tipo de música que cantaría. La ópera me viene bien, así como las rancheras, el reguetón, la bachata (a lo Romeo Santos) y me la juego en el bossa nova. Debo decir que canto muy bien en alemán y dicen que mi voz suena celestial en la música instrumental.

Todos aquellos estudiantes, amigos y familiares que quieran apoyarme en esta nueva aventura pueden adquirir mi primer disco titulado "Un café con el Platón".

UN ROMEO SIN SU JULIETA

Es otra historia de las fiestas de Santa Cruz, solo que esta me la contó un coterráneo. Digamos que el amigo se llama Rodrigo, quien tiene dos hermanas, Carolina y Laura (nombres ficticios). Y la narración transcurre así. Ocurre para unas fiestas de enero: un conocido y una conocida venían de San José (para Santa Cruz) Rodrigo e Ivannia (amiga de Laura), quienes se encontraron en el mismo bus, ambos venían de pie, ellos ya se conocían por lo que entablaron conversación. Más o menos ahí por Barranca se monta un chavalo, que no más subirse al bus (también de pie), comienza a "echarle el cuento" a Ivannia (para decirlo de forma coloquial).

Todo el trayecto pasó el "Romeo" bajándole la luna y las estrellas a la damisela, a tal punto llegó que, ya hasta molesta venía Ivannia. Llegó el chunche a Santa Cruz, entonces se bajan Rodrigo e Ivannia y se enrumban a la casa del primero, ya que iban para el mismo lugar. Habían transcurrido apenas unos pocos minutos de saludos, abrazos y besos, cuando se va apareciendo en la puerta nada más y nada menos que el "Romeo", que no era otro que el novio de Carolina… ¿¡ ¡? Novio que ni Rodrigo y mucho menos Ivannia, conocían. El epílogo de la historia fue que Ivannia puso en autos a Laura de los galanteos del nobel "Juan Tenorio" en el bus. Laura pasó la información a Carolina y así fue "fumigado" el atrevido Romeo que se quedó sin su "Julieta". ¿A cuántos les habrá pasado una historia similar?

FUE EN UNAS FIESTAS DE SANTA CRUZ

Juan había conocido a la damisela en uno de los bailongos de las fiestas típicas, ella provenía de Pérez Zeledón y después de haberse pasado toda la noche bailando, acechaba la madrugada. Mientras comenzaba la "Diana", a las 5 a.m., hicieron como rezaba la costumbre, esperar en los poyos del parque. Pero resulta que, agotado por el trajín, Juan se durmió en las piernas de la heroína (una mujer, por aquello de que la confundan con la droga); su sueño fue liviano, por lo que de repente se despierta ante los ruidos de un grupo de amanesqueros que se aproximaban. Y, ¡oh sorpresa!, se encontraba solo en el poyo… ¿Habrá sido un sueño?, se preguntó. Su cabeza daba vueltas, "seguro lo soñé", mientras recordaba su cara angelical y la cadencia de sus caderas al bailar y la suavidad de su piel. Sin embargo, a los pocos minutos, volvió a ser presa del sopor del sueño; sus ojos se cerraron nuevamente. Pero instantes después, sintió que lo socolloneaban y, como cuento de las mil y una noches, vio nuevamente a su *Isolda*, a su *Julieta*, a su *Dulcinea* que le levantaba, porque ya venía la "Diana".

Epílogo: la damisela, al quedarse dormido Juan, se había ido al *poyo* de a la par donde estaba su amiga departiendo con su conquista de la noche. No había sido un sueño de Juan, sino una de las tantas historias románticas que ocurren en las fiestas santacruceñas.

UN DÍA EN LAS FIESTAS DE SANTA CRUZ

Hará más de 20 años de esto, estando en Chepe estudiando invité a unos compañeros a las fiestas de Santa Cruz. Cuatro compas y yo agarramos la "cazadora" un viernes y llegamos como a las 11 p.m. Apenas llegar, dejamos las "alforjas" en la casa y nos fuimos para las fiestas. Bien entrados en la pachanga, de pronto se oyó un grito guanacasteco, al que uno de los compas replicó y sonaron dos y tres gritos más que fueron contestados por el compa.

Después de esta serie de gritos me comencé a preocupar y le dije al gritador que mejor no siguiera con eso, porque así se armaban a veces los pleitos aquí. No había terminado de decirle cuando vemos que venía apartando gente el contendor de los gritos como buscando pleito. Así que llegados a este punto, hicimos las del "león Melquiades" (*huyamos por la izquierda*); bueno la fiesta siguió y la "Diana" llegó, y después, para completar el protocolo, jalamos para donde "las tortilleras".

Eran como las 7 a.m. cuando regresamos a mi casa. Ya se levantaba de la cama la tanda de la noche y los *amanesqueros* tomaban sus posiciones para dormir. De los compas algunos se acostaron, pero otros nos fuimos a jugar básquet. A eso de las 9 a.m. unos amigos de mi hermano que también andaban de visita, nos hicieron viaje para la playa; a las 3 p.m. regresamos. Yo llegué y me alisté presto para irme a las fiestas, pero los compas ya no pudieron más, se quedaron en la casa y no volvieron a salir más hasta el día siguiente, para regresarnos a Chepe.

A LA MIERDA LA CLETA

Frase de la semana: "A la mierda la cleta", autora: mi vecina Emilia, quien es una joven liberiana extrovertida, jovial y con una personalidad trepidante, que practica ciclismo de montaña y quien lo venía haciendo regularmente, hasta que comenzaron las fiestas típicas liberianas, y entonces después de un intento infructuoso y al calor de una *Diana*, profirió la ya consabida frase.

SE BUSCA REPRESENTANTE PARA LAS FIESTAS DE LIBERIA

Por motivos de fuerza mayor (no me deja la doña), estoy buscando quién me represente en las fiestas liberianas. La persona interesada en representarme tendrá todos los gastos pagos y es necesario que realice las siguientes actividades:

1) Tomar vino de coyol, chicha, birra y cuanta bebida espirituosa le sea ofrecida.

2) Debe comenzar las fiestas desde las 12 m. con el tope y terminar las funciones a las 6 a.m. con la *Diana.*

3) Deberá bailar al menos unas 5 horas en ese trans-curso, con cuanta música le pongan por delante, ya sea de marimba, "espanta perros", karaoke, disco-móvil, grupo musical, trío o mariachi (si además pega grito guanacasteco, recibe bono adicional).

4) Deberá jugar o sortear al menos 3 toros dentro de la barrera, mejor si los vaquetea (recibe bono adicional).

5) Deberá montarse el toro mecánico (si monta uno de carne y hueso recibe bono adicional).

6) Cualquier otra actividad que se me ocurra en el transcurso de la semana.

REQUISITOS

Ninguno, no importa el sexo (no permite la ley este tipo de discriminaciones), solo que sea mayor de 18 años.

Interesad@s enviar currículum vitae con la foto que tiene en el FB. Poner recomendaciones.

FILOZO FANDO

Brando Eluku era un compañero de la U. Era un tipo existencialista. Su nombre no era ese, sino que este era su seudónimo. Decía que iba a ser escritor.

Siempre estaba en el limbo de los pensamientos. Hasta que finalmente hilvanaba algo y era cuando finalmente hablaba. Su mutismo podía ser "long-time".

Varias veces lo encontraba como en trance y me quedaba a la par hasta que finalmente su espíritu volvía de quien sabe dónde, a tomar control de su hardware.

En una de esos regresos me dijo "no sé si es que ahora las mujeres son más bonitas o como uno esta viejo, todas las ve bonitas".

Desde entonces, hace aproximadamente unos 30 años para acá, esa frase siempre me ronda la mente.

REGLAS MATEMÁTICAS DE LAS PUBLICACIONES EN FB
Por El Dr. BRANDO ELUKU

1) Positivo X positivo = Más positivo

2) Negativo X positivo = Negativo, pero vio la luz

3) Positivo X negativo = Negativo prometía, pero al final hizo *la de las vacas.*

4) Negativo X negativo = Negativismo, un pro contra legítimo, se pelea hasta con su sombra.

LAVAR PLATOS Y LA VIDA
Por Dr. Brando Eluku

La cosa es que ayer me puse a lavar platos (bueno en honor a la verdad más bien "me pusieron"). Y bueno, al ver el montón de platos, así como que uno se *achicopala*, o sea, en buen argot popular *se agallina*. Pero sin opción de regreso, como los marineros de Cortés en la costa de "La Vera Cruz" viendo quemarse sus barcos, no me quedó más que "echar pa lante". Lo que se me ocurrió primero fue "arralar la maleza" y entonces comencé por los bultos más grandes, "las ollas" y los sartenes.

Cuando hube terminado noté que significativamente la "maleza sea había arralado" y bueno, ya la faena no se veía tan ruda como antes, de hecho, la emoción se apoderó de mí porque ya veía cerca terminar el trabajo, aunque apenas hubiera lavado un volumen correspondiente al 30% de los utensilios. Esto me hizo recordar cuando ando en bicicleta y veo a lo lejos una cuesta grande: al principio uno se impresiona, pero cuando comenzamos a subir la cuesta y nos enfocamos en el pedalazo que estamos dando en cada momento, cuando tomamos consciencia de la cuesta ya casi la hemos acabado. Pues así es con el lavado de platos, al enfocarse en cada olla, cada sartén, cada plato, cuchara, vaso, etc. y olvidarse del montón restante, pues el trabajo se hace menos atormentador y de cierta forma, más expedito.

Pues creo que la vida es así, todos tenemos ollas en nuestras vidas, situaciones que ocupan un gran espacio en nuestros pensamientos, grandes preocupaciones, y también tenemos las pequeñas preocupaciones.

La cosa es primero ocupémonos de las grandes preocupaciones y a medida que salgamos de estas, todo el cúmulo de nuestra preocupación general, tal vez de nuestra desesperación o depresión disminuirá significativamente. Además, cuando estemos atendiendo una determinada preocupación enfoquémonos solo en esa y nada más.

ORÍGENES DE GALLINA ARREGLADA, ENCHIDA Y ACHIOTADA
Por Dr. Brando Eluku

Tres vertientes tienen la mezcla racial de buena parte de Guanacaste africana, americana y europea (española). Así mismo es el origen de esos tres manjares culinarios de la región.

La gallina *achiotada* es un invento de los Chorotegas. Ocurre que la mayoría de las personas conocen solo el achiote en pasta que se vende ahora, sin embargo, este fruto es un capullo que dentro tiene muchas semillas que son las que muelen para hacer el achiote. Pues ocurre que cuando había fiestas populares, se seleccionaban las gallinas más flacas y se les daba de comer solo semillas de achiote durante una semana. Las semillas de achiote eran muy apetecidas por las gallinas y tienen ciertos componentes llamados flavonoides que al ser digeridos por las gallinas daban un sabor agridulce muy sabroso a la carne de la gallina.

El plato de la *gallina enchida* fue un invento fortuito de los españoles. Ocurre que fue tal la reducción de la población aborigen por los trabajos forzados, enfermedades y guerras, que el cultivo del maíz mermó de forma significativa escaseando el producto, por tanto, dar de comer a las gallinas con maíz era muy costoso, por esa razón se les comenzó a dar algunos preparados especiales a base de tubérculos (camote, malanga, tiquizque). Los tubérculos tienen mucho contenido de almidones y levadura que provocaban, en un corto tiempo, que las gallinas se engordaran de forma muy exuberante. Parecían hinchadas. En tiempo festivo, las más hermosas eran escogidas para el banquete.

La gallina arreglada, según los historiadores, es una adaptación culinaria que hicieron los africanos en esta región guanacasteca, ya que a falta de ingredientes para hacer su receta de kukusa kata (así le llamaban en su continente) se valieron de productos tradicionales de la región para adobar la gallina y hacer el exquisito plato que conocemos hoy. Al contrario de lo que piensa la gente actualmente, el epíteto de "arreglada viene de que la gallina era pintada o decorada un día antes de ser matada para la comida", los españoles al ver a las gallinas decoradas decían "ya los mulatos arreglaron las gallinas".

Si usted llegó hasta aquí creyendo que todo esto no es cierto, pues le diré que tiene razón.

LA REENCARNACIÓN
Por Dr. Brando Eluku

Creo que la reencarnación existe, pero no como es concebida por la "pipol" o por su estereotipo *vox pópuli*. Es un hecho que al morir nosotros, nuestros átomos pasan a formar parte del ambiente, la tierra, el agua, mismos que son vitales para el nacimiento y desarrollo de los seres vivos. Esto hace que nuestros átomos sean nuevamente reutilizados por los vegetales y otros seres vivos, y que posiblemente también por seres humanos, al consumir estos los vegetales y animales portadores temporales de nuestros genes. ¿Y cómo ocurre ese contacto nuevamente con nuestro "yo"? Ocurre, pero de manera inconsciente a través de los sueños y el "Déjà vu". O sea, cuando nuestra mente está desconectada y el inconsciente toma control de nosotros, es ahí cuando se hacen las conexiones con nuestra vida pasada, pero que, por supuesto, no entendemos y no comprendemos bien.

DEPRIMIDO

Ayer estaba realmente deprimido y necesitaba no sé, leer un libro de auto ayuda, tener una conversación de esas que remueven el alma, que te hacen cosquilleo en el espíritu. Y al final encontré una película que fue la que mitigó o apaciguó la depre. Se las recomiendo, es realmente una oda al estoicismo, al valor, a la fuerza de voluntad. Sin duda será una película inolvidable para mí: "Freddy Krueger contra Jason".

PARTICIPACIÓN CIUDADANA VERSIÓN "SÁNGUCHE"

Muchas personas se quejan de que sus voces no son escuchadas. Muchos otros claman por participar al pueblo en la toma de decisiones. Y hay quienes dicen que no existen espacios para la participación ciudadana, en las decisiones que tienen que ver con el desarrollo del país.

Pero yo creo que los espacios sí existen, lo que pasa es que no nos gusta involucrarnos o comprometernos a la hora en que nos llaman a participar en los grupos de toma de decisiones.

Vea usted en los diferentes grupos, ya sean comunales, laborales, gremiales, políticos, etc., siempre son los mismos. Pero llaman a la conformación de esos grupos y hay que llevar a la gente casi empujada a la fuerza, a las asambleas para la elección de los representantes.

Sabedor y consciente de esa falta de compromiso con la participación ciudadana, es que un día me vi envuelto en un dilema.

Ocurre que eran las fiestas de enero en Santa Cruz, y pues, bueno, había que ir a cumplirle al Santo de Esquipulas. Andaba con alguien más que ahorita no recuerdo quién era. La cosa es que dejamos el carro ahí por el BCR y nos fuimos caminando por la Calle Central, y apenas llegamos al primer chinamo, ante una evidente deshidratación, decidimos meternos al primero que encontramos. Y resultó ser un toldo de

"Cacique". Bueno, al rato de estar ahí, y habiendonos hidratado a un nivel aceptable, ocurre que llaman a un concurso.

Es importante citar el contexto, para que ustedes comprendan la decisión. Ocurre que, como docente, a veces llama uno a los estudiantes a la participación, y ocurre con frecuencia que ninguno quiere. Y yo pues digo, diay debo dar el ejemplo, pero también recordé mi convicción sobre la participación ciudadana, y dije, no podemos cerrarnos a los espacios de participación. Bueno, levanto la mano, sin preguntar qué era el asunto, todo con un buen espíritu de participación ciudadana.

Ya estando al frente pregunto: ¿Y de que se trata el concurso? –De bailar me responden.

"Bueno", me dije yo, "ahí me defiendo", y la cosa es que ponen reguetón y cuando me doy cuenta tengo a las dos modelos que estaban ahí, una atrás y otra adelante. 😫🙈

Y la cosa es que me van haciendo el "sánguche" en la bailada. Les cuento que mi vergüenza era mucha y tuve intenciones de abandonar la causa, pero me dije, "no, todo sea por la participación ciudadana y la patria".

ESTOY MOLESTO, MUY MOLESTO

La falta de seriedad y el irrespeto a las personas mayores, son dos de los problemas que carcomen a este país. Hace poco me ocurrió algo muy molesto, muy irritante. Fui a una venta de pollos, cuyo nombre no diré, pero tiene un señor con sombrero, de pelo canoso y barba blanca como logo del negocio. Y la atención que recibí de las jóvenes cajeras, la dependienta del auto servicio fue muy deplorable, mucha falta de seriedad y de respeto.

La cuestión es que, al llegar a la caja, me dicen "bienvenido caballero", y le digo a la muchacha, muy joven, por cierto, señorita ese término es para los que andan a caballo, pero yo ando en carro por favor decirme "carrocero". Oigan y esa muchacha se ha reído y burlado en mi cara. Ya nadie respeta las canas y peor aún, la consigna de "el cliente siempre tiene la razón" ha quedado en el olvido.

CONFESIONES MATINALES

A veces me levanto los fines de semana cansado, agotado, tal vez triste o achicopalado. Pero, de repente escucho la voz sonora, fuerte, llena de convicción, del vende-huevos. *"huevos, cartónnnnn de huevosssss frescossssss a dos mil el cartón de huevos frescossssss"*.

Y entonces mi espíritu se enciende, se motiva, se contagia de esa fuerte convicción y desaparece la agüevazón, tristeza o achicopalamiento.

Así que si usted igual que yo un día amanece achicopalad@, pues busque al primer vende huevos motorizado que encuentre y contágiese de la buena vibra.

LOS DICHOS DE BETILLO

Beto era un compañero de la U. Estudiaba computación.

De cariño le decíamos "Betillo". Además, era músico, tocaba la guitarra, a veces me iba con él a tocar por los bares de Guadalupe, él la guitarra, yo, las maracas. Íbamos de bar en bar, y nos llovían las cervezas.

Betillo era bueno con los dichos y refranes. Una vez que estaba conversando con él, pasó mi novia, y una vez que se hubiera ido, dijo Betillo "que suerte tienen los feos".

Desde entonces me paso preguntando por la veracidad de esa frase.

APA Y LOS TROLLS

Estoy viendo una película donde sale un *Troll* y he notado que estas criaturas de la mitología (¿escandinava?), comparten algunos rasgos en las películas que aparecen, pero son diferentes. Supongo, que eso es así para evitar que los acusen de plagio, pero esto es solo un supuesto. De forma análoga, cuando se cita en la normativa APA parafraseando, se debe decir lo mismo que dijo el autor citado, pero usando otras palabras. La próxima vez que vea un Troll piense en APA y eso mejorará su parafraseo.

COSAS DE LA VIDA – EL COMPA CAMINANTE

La cuestión es que se me ocurrió invitar a un compañero profesor de la universidad a lo que yo llamo "caminaditas citadinas", esto es, hacer caminatas alrededor de la ciudad de Liberia, pasando por puntos de la periferia por donde usualmente los josefinos que viven en Liberia (caso de mi compañero), usualmente no pasan y no conocen.

Tomamos la ruta, Moracia-Gallera-Nazareth-25 de Julio-Encinos-San Roque-Moracia.

A mí me gusta hacerla sobre todo los domingos porque está casi todo el mundo durmiendo y está todo muy calmado. Hoy, sin embargo, era un día inusual porque las escuelas públicas celebraban el 12 de octubre y los ciudadanos madrugaron para enviar a sus hijos a los actos cívicos.

A la altura de Barrio Nazaret mi compañera me preguntó por la peligrosidad del barrio, la gente hace comentarios sobre eso, me dijo, y yo le manifesté que es un barrio tranquilo, que yo nunca había visto nada raro ni peligroso en las más de una decena de veces que había hecho ese recorrido.

Transcurrieron más o menos 500 metros desde que le hice el comentario, cuando de repente nos topamos con un retén policial, al menos dos patrullas y mucho movimiento de policías. No nos detuvimos a preguntar bien cómo era la cosa, así que seguimos y como a los 300 metros nos topamos un par de patrullas más que venían *ululando y a gas metido* en dirección al punto del retén, entonces pensé, ¿qué cosas no? Siempre que vine solo nunca vi nada raro y ahora que traigo a la compa ocurre todo un movimiento policial. *C'est la vie.*

LOS PIROPOS

Nunca he sido de andar diciendo piropos a las mujeres, a veces lo hago con las conocidas, pero nunca con las desconocidas. Tal vez como soy poco proclive a eso, es que tampoco sé cómo reaccionar cuando he recibido piropos las escasas dos veces que me los han dicho en la vida (en relación al físico). Una de estas fue hace más de 20 años, cuando estudiaba en la universidad, venía caminando en dirección a la iglesia de San Pedro, por la acera, cuando en eso para de improvisto a la par mía un carro con varias chicas jóvenes adentro, y me gritan "ricoooo"..., eso me dejó anonadado, y cuando hube de reaccionar, ya el carro estaba a más de 50 metros de mí. Por supuesto no me creí el piropo, y creo lo dijeron más por alguna travesura de fin de semana, seguro eso se lo dijeron a varios ese día. La otra situación ocurrió, hace como 2 años, caminando cerca de mi casa, andaba con una pantaloneta, algo corta creo, y pasó una señora quizás de unos 65 años, se paró a la par mía y me dijo algo, pero yo no entendí por venir con audífonos, entonces me los quité y le dije, disculpe señora qué dijo, su respuesta me dejó algo chillado, me dio un poco de vergüenza, ... "que lindas piernas tiene...", respondió.

El punto de mi alocución, es que los piropos, creo, la mayor parte de las veces, deben de causar un poco de vergüenza, pena o incomodidad, y esto que lo que me dijeron a mí, no fue nada, cosas simples, no me imagino aquellas personas que diariamente y a cada rato son objeto de estos piropos con tonos muy pasados.

EL AMIGO SECRETO

Usualmente cuando opino sobre un tema, sino sé mucho sobre este, investigo, leo, etc. Me apropio lo mejor que puedo del tema, y veces hasta hago cálculos y análisis de datos. En fin, trato de dar información de la mejor calidad, por lo menos lo que puedo dar, tomando en cuenta el tiempo que tengo. Es como en el juego del *amigo secreto*, voy a buscar un buen regalo y busco y busco hasta encontrarlo; normalmente compro regalos cuyo monto es superior al monto establecido. Así que a veces cuando escribo en FB, es como estar dando un regalo de 20 mil colones y después de que uno lo da, no falta el amigo "in-secreto" que le da a uno una caja de pañuelos a cambio.

METIDO EN UN ZAPATO

Me dice hoy una de mis hijas: "papi vos sos un profesor de la U, se supone que sos inteligente, pero yo nunca te he visto hacer nada inteligente". Y la verdad es que es cierto, yo no hago cosas inteligentes en la casa. Con costos cambio un bombillo, pero si un tubo de cañería se jode, no lo puedo cambiar. Tampoco sé poner una llave de cañería o grifo. Ni cambiar un neumático ponchado de la bici, siempre lo hago mal. En la mecánica de vehículos soy *ralito*, me la juego muy poco o casi nada, así como en la carpintería, albañilería y fontanería, ni sé hacer mezcla para concreto.

Me la juego bailando, pero creo que eso no sirve de mucho para mi causa, y cantando soy malito (solo "un café para Platón" me sé y el canto desafinado). Me la juego un poco cocinando, eso sí. En los deportes soy malito, y de pintura, escultura y arquitectura no me la juego nada.

Así que, si alguien sabe que puedo hacer para salvar la imagen con mi hija, me pasa el volado.

HECHO ÚNICO EN EL UNIVERSO

Hoy vi uno de esos eventos que creo se ven solamente una vez en la vida. Creo que era más fácil presenciar la colisión entre dos galaxias que ver ese evento. ¡Hoy vi dos vendedores de huevos juntarse en la misma calle!

DESPISTE NIVEL TRES CHIFLADOS

La cosa es voy en carro y me meto por la calle entre la parada municipal y el Mercado Municipal.

Al iniciar la calle veo que una multitud empieza a cruzarla sin fijarse que yo voy, como que no les importa, algo nunca antes visto por mí.

Voy casi a mitad de la calle cuando alguien en otro carro en dirección contraria me enciende luces y me hace señas de NO con el dedo.

En eso analizo la situación y me percato 😲😲😲 de que voy contra vía 😬😬😬

¡HABLALE VOS QUE SABÉS INGLÉS!

Creo que aprender otro idioma nos abre el mundo a muchas más posibilidades de relaciones interpersonales. En el 2015 tuvimos la oportunidad de ir a visitar a una estadounidense, que en la familia queremos como una hermana. El tiempo que estuvimos ahí compartimos con ella y su esposo, Ronald, pero solo Ron le dice Emily, nuestra hermana gringa.

Ron no hablaba nada de español y yo, muy, pero muy poco inglés. A como pudimos medio nos comunicamos, pero en realidad fue muy poco. Sentí una lástima tremenda de no haber podido comunicarme más y mejor con Ron, tantas cosas que pudimos haber hablado, pero teníamos esa barrera. Son varios los chiles que me han pasado por andar chapuceando el inglés.

Lo siguiente que voy a contar es una anécdota que escuché de unos amigos.

Resulta que estos amigos se van a pasear a un centro turístico en Heredia, creo que se llamaba El Castillo. Estos dos amigos son bastante blancos, y cuando ya estaban listos para regresar a San José, ven un par de damiselas y deciden jugarles una broma. Viene uno de ellos y se acerca a una de las chicas y le dice "disculpar, ehhh, ¿usted saber dónde estar la parrada de bus?" (y gesticulaba como haciendo la forma de un bus).

Entonces una de las chicas dice "mirá son gringos" y luego le dice "hablale vos qué sabés inglés.

Entonces la otra chica, que se suponía hablaba inglés, se acerca a mis amigos y les dice "la parrada de bus estar por allá" mientras señalaba con su dedo índice. 😁😁😁

UN SAPRISSISTA

Después de que el equipo de sus amores (Saprissa) perdiera 5 a 2 contra el equipo archirrival, un aficionado, obstinado por la molestadera en un bar, sale furibundo, se monta al carro, y se va. En eso le empiezan a entrar varios mensajes por *guasap*, son los compas que lo siguen molestando.

Chiva, se pone a discutir en un grupo de esa red social mientras maneja, y ocurre lo obvio, el mae se accidenta.

Choca contra un camión estacionado, pierde la consciencia.

Horas más tarde despiertas en el hospital, tiene los brazos llenos de vendas, en eso se acerca el médico que lo está atendiendo y el paciente pregunta qué le pasó. El doctor le dice que tuvo un accidente muy fuerte, que de milagro está vivo y que solo sufrió dos amputaciones en su cuerpo.

En eso, por la mente del hombre, comienza a pasar todo lo vivido durante y después del partido, las bromas en el bar y su discusión por *guasap* en el carro.

Y el enojo, la ira vuelve a su corazón, pero hace una pausa, y pregunta al doctor, qué fue lo que le amputaron.

"Se lo voy a decir así", habla el doctor, "está usted SIN CODOS" ...

MEA CULPA

Voy a hacer un *mea culpa*, es algo que me ha carcomido durante largo tiempo ya, pero al fin me he convencido de esta debilidad mía, que la he expresado o he hecho gala de ella durante toda mi vida. Pero finalmente ha llegado el momento de sincerarme y decirle al mundo que "me gusta joder". Pero joder como sinónimo de hacer bromas, realmente lo disfruto y peor aún, sin cargos de conciencia adicionales, aunque a veces he sufrido, cuando me han tirados zapatazos por jodión o me he ganado soberanos pellizcos o el resentimiento de los que están a mi alrededor y con quienes comparto continuamente. Bueno, también me he ganado una que otra dormida en el sillón de la sala. Sin embargo, aquellos a los que usualmente *jodo,* tienen una característica especial, son aquellas personas que les tengo cariño y confianza. Ojo, que es un "AND" (los programadores lógicos y los matemáticos me entienden), o sea, que aplican ambas condiciones. Así que, si a usted amigo del FB no lo he jodido, no es porque no le tenga cariño, presumiblemente sea porque todavía (y ojo que pongo "todavía"), no le tengo confianza. Ahora, si usted es de los que yo jodo continuamente, bueno, ya sabe entonces las razones. Que pasen feliz martes.

LA VIDA COMO EN COMALA

Creo que el caminar por la vida nos acerca cada día más a un lugar como los que narra Pedro Páramo en sus obras. A veces me viene alguien a la mente, y ya no sé, ya no recuerdo si está vivo o muerto. Y creo que conforme más kilómetros de vida recorramos, los vivos que habitan en nuestra mente, materiales o inmateriales, poco a poco se irán convirtiendo en muertos y se confundirán unos con otros. Solo que a diferencia del "Rey de la Noche", no tenemos control sobre ellos y deambularán sin rumbo y tranquilos en nuestros recuerdos.

SENSACIONES

Posiblemente todos hemos tenido momentos en la vida en la que hemos experimentado varias sensaciones más o menos intensas. Así, hemos tenido sensaciones de euforia, susto, angustia, ira, etc. Y posiblemente, en algunas de estas sensaciones hemos dicho o al menos hemos pensado decir, "¡ay!" Por ejemplo, tal vez hemos dicho esa expresión cuando nos despertamos en la noche y sentimos que alguien ronda la casa tratando de entrar.

Pues bien, yo quiero contar sobre el "¡ay!" más fuerte que mi cerebro ha concebido, pero que al ser tan grande se quedó atorado en la garganta. Y eso ocurrió en mi primer día de quimioterapia, ese día estábamos varios primerizos con ese susto en la mente de experimentar algo que toda la vida habíamos escuchado que era muy ingrato. Estábamos atentos, muy atentos, ya me deseara yo que mis estudiantes tuvieran ese nivel de concentración.

La enfermera daba la charla del primer día, nos explicaba en qué iba a consistir todo el proceso, nos explicaba los efectos secundarios, nos explicaba los cuidados que debíamos tener durante el proceso. Todos con el brazo extendido mientras por la vena ingresaba un suero conteniendo un antiemético que reduciría las náuseas y los vómitos.

Todo eso previo al "suero negro" (así le llamaban algunos a la bolsa conteniendo la quimio); atentos a cada palabra, llega a un punto la charla donde la enfermera dice "...pero ustedes pueden estar tranquilos...", nosotros pelamos las guayabas esperamos la buena noticia, y entonces, de la manera más pasmosa y tranquila, la enfermera acotó "...ustedes ya saben que se van a morir de cáncer...". Nos volvimos a ver todos con esos ojos que hacía Arnold antes de expresar "¿de que estas hablando Willis?", y en nuestras gargantas se atoró una enorme expresión de, ¡ayyyyyy! Ahora me hace gracia la frase, pero en ese momento realmente tragué grueso como nunca en la vida.

ROGANDO A DIOS Y CON EL MAZO DANDO

La cosa es que hoy en la mañanita me fui a cletear y ya de regreso, bajando el Cañón de Liberia, se me ponchó la bici como a 3 km de la casa. Como no tenía prisa decidí venirme caminando, además, andaba con audífonos escuchando música tropical (y si no los hubiera andado entonces me enfoco en la belleza que dibujaba la mañana y la frescura de su aliento), así que venía alegre, pero al rato de caminar (con los zapatos de cletear que no son tan apropiados para caminar largas distancias), sentí que los tobillos me molestaban por lo que opté por llamar por teléfono para que me llegaran a recoger, sin embargo, mientras llegaban, decidí seguir caminando, y ya había caminado un buen trecho empujando la bici cuando me llaman y me dicen que se iban a tardar en recogerme, porque urgían otras diligencias antes que esta. Entonces llegamos al punto de lo que les quería compartir: esta noticia no me agüevó, porque no tenía apuro en llegar, pero si me hubiera quedando esperando en el punto cuando llamé por teléfono y luego estando ahí sin haber avanzado, hubiera recibido la noticia de que no me iban a recoger todavía, seguro que sí habría sentido un poco de agüevazón, por el tiempo perdido ahí esperando. Al final llegué a la casa caminando con la cleta y contento de haber hecho más ejercicio del esperado. La religión no es mi fuerte, la gente que me conoce lo sabe, sin embargo, de camino medité que la mejor oración que se puede hacer, es aquella que se hace caminando, pero si oramos y nos quedamos en el mismo punto, esperando que las cosas ocurran de milagro, esto va a dificultar mucho el objetivo esperado.

LOS CONFLICTOS

Ando caminando y en eso me detengo a revisar el celular, pasa un tipo y me empuja, por urbanidad me disculpo. Espero algo similar y el tipo sigue caminando sin haber dicho nada, lo alcanzo y le digo "espero que no haya sido intencional, es que no escuché su disculpa", y me dice en un tono desafiante "si hubiera sido intencional se lo hubiera dicho"... Sigo caminando a la par del tipo, la sangre me hervía ... Llevaba un conflicto entre mi lado bueno y pasivo y mi lado violento... Una batalla interna, todavía seguía caminando a la par del tipo... Finalmente le digo "para una próxima se dice *con permiso*" ... Entonces el tipo ya como obstinado responde: "Está bien fue una equivocación..."

Yo no sé por qué hay personas que les gusta hacer las cosas a la güevonada ... El problema es que un día van a topar con alguien más güevón y ahí tendrán problemas ... No era el caso ahora ... Mi lado pasivo o prudente ganó el pulso, siempre lo gana.

DECISIONES. TODO CUESTA...
Es parte del estribillo de una canción de Rubén Blades.

No sé si será porque estoy un poco inspirado por las bebidas dispensadas en honor al Dios Baco, o tal vez sea tocado por el desencanto de alguna musa echada del paraíso. La cosa es que ando sensible y eso me pone un poco nostálgico. He llegado a la conclusión de que escribir sobre realidad nacional, enfatizando en el aspecto o dimensión sociopolítica, no es lo mío. En este momento me siento algo así como poseído por los espíritus de Juan Nieve con el Trono, el Coyote con el Correcaminos, o don Ramón con el empleo. O sea, no pego una. Creo que mejor me voy a dedicar a escribir sobre cosas más sublimes, más profundas, con mensajes que valen hondo y produzcan cambios en las personas, que les ayuden con sus conflictos cotidianos. O sea, algo provechoso, algo de bien social.

Así que mañana comenzaré a hablar sobre el síndrome de Burnout y las consecuencias en los humanos que, a costa de ser acosado una y otra vez, sufre el pobre "aliens" por su enemigo de siempre, ¡el depredador!

CARA DE LIMPIO

Caminando por la Avenida Central, es una ventaja tener cara de limpio como la que tengo yo. Digo, tengo la cara de lo que soy, lo digo porque hay otros colegas limpios (en el carácter de "sin plata" no de profesión, aclaro), que no aparentan su condición de escasez monetaria, más bien se esfuerzan por lo contrario.

Bueno, volviendo a las ventajas de tener "cara de limpio", ocurre que he notado que no me ofrecen nada, ni siquiera las dependientes de las tiendas cuando gritan "que le doy, que le ofrezco, que le vendo...", estas me les pongo al frente y ni me ven. Algunas más bien me dan plata.

Hasta los que reparten volantes con ofertas de "Soda El Chanchito Feliz" o la de pollo frito "La gallina Yuyera", estos se me capean.

Ni los pintas piedreros vendiendo el botín de la noche me dan pelota. Así que me desplazo tranquilo y sin demora por la vena central de la capital, como bolita de colesterol atacada por la avena.

LA CULEBRA EN EL PAVIMENTO

Ayer pasé caminando frente al hotel *El Sitio* en Liberia, y en media carretera había una culebra muerta, machucada por un carro, bueno uno o varios carros, y mi primer pensamiento fue, ¿qué hacía una culebra ahí? Es un pensamiento raro porque, bueno, frente al *Sitio* hay un gran lote baldío, y era de esperarse o que fuera para allá o que viniera de ahí. El segundo pensamiento que me asaltó es, ¿y qué culebra es? Inmediatamente pensé en una boa pequeña, o en una ratonera, ¿una ratonera? Supongo que pensé en estas porque de güila siempre que salíamos al monte veíamos muchas ratoneras, sobre todo cuando hacía mucho viento, la gente decía que se alborotaban (no era exactamente esa la palabra, pero no la recuerdo en este momento), ahí en el mismísimo Liceo Santa Cruz veíamos muchas de estas ratoneras. ¿Y lo de la boa? Bueno, no sé aquí en Liberia, solo pienso en las boas, tampoco soy experto en culebras.

Pero entonces me volvió nuevamente la pregunta, ¿y que hacía la culebra ahí?

Entonces volví a pensar en las culebras ratoneras, creo que son las que llaman sabaneras, pero no estoy seguro, tampoco recuerdo si eran o no venenosas, bueno las ratoneras creo que no, o de güilas pensábamos eso. Siempre pensé que si comían ratones pues cumplían con una misión importante de ayuda para los humanos, no tengo nada contra los ratones, pero sí trasmiten muchas enfermedades y las culebras son uno de sus depredadores naturales, así que no pienso que sea malo pensar que las culebras contribuyen con los humanos porque comen ratones.

Y estaba en estos pensamientos cuando de nuevo me volvió la pregunta recurrente, ¿y qué hacía esa culebra ahí?

LA COMIDA ESTRATIFICADA POR EDAD
He estado pensando que con la edad cambia el propósito de las comidas. Cuando uno está adolescente el objetivo es solo engullir hasta quedar como la serpiente del Principito. Después de los 30, el propósito es comer y no engordar, la selección pasa por elegir entre lo que engorda y lo que no. Después de los 40 la cosa es comer saludable, entonces los criterios son si tiene o no colesterol, si me incrementa los triglicéridos, que no tenga mucha azúcar. Y después de los 50 ya el propósito es medicinal: banano por el potasio, leche o soya por el calcio, cítricos por la vitamina C, y bienvenido todo lo natural con tintes milagrosos: stevia, moringa, avena, y otras por el estilo.

TÍPICO

Estoy limpiando un aparato y quiero hacerlo antes de bañarme, en eso me acuerdo de que debo echarle unos ingredientes a la comida y me voy a hacerlo. Hay que picar varias cosas y duro un ratillo. Luego pienso en bañarme para luego comer, cuando estoy debajo del chorro de agua me acuerdo que dejé la limpieza del aparato a medio palo, lo cual quería hacer antes de bañarme, porque el limpiarlo impli- caba ensuciarme 😁😁😁

PARA ATEOS, AGNÓSTICOS, DISTRAIDOS Y AFINES

¡Existe el castigo divino!, esto me dijo hace apenas unas pocas horas un amigo y de inmediato me contó la siguiente historia salvaje (como diría el gran Capmany): "Hace varias centenas de lunas atrás se encontraba el héroe de esta historia (o acaso anti-- héroe, juzgue usted), degustando unas cervezas en un lunes de Semana Santa, junto a otros como él, aspirantes a cosacos. Y entre ronda y ronda, unas canciones entonaban, cuya letra comenzaba así "Perdona a tu pueblo señor, perdona a tu pueblo perdónalo señor…", el estribillo se repitió incesante- mente esa noche.

Al día siguiente, en horas de la tarde, ya martes santo, nuestro héroe visitó unos amigos que compartieron algunas bebidas no acordes a la celebración de la semana, pero sí muy acordes con la costumbre de los pobladores en esos días.

Cuando rondaban las 17 horas, nuestro héroe se dirigió hacia el centro de la ciudad capital y al bajarse del bus, lo primero que encontró fue una procesión. Casi al momento se le hizo un puño el corazón al comprobar la escuálida asistencia de los pobladores a la dicha procesión, ¡solo iban los que cargaban los santos y nadie más! Nuestro héroe, precisamente, era un asiduo participante de estos eventos en su pueblo y un decidido cargador de santos. Presto y movido por el impacto emocional, nuestro héroe se arremangó y acto seguido ofreció sus buenos oficios de cargador de santos.

No más hubiera avanzado unas decenas de metros la procesión, cuando el peso de la imagen y el sesgo etílico, hicieron que nuestro héroe sintiera su andar zigzagueante. No había terminado de sobreponerse a esta sensación, cuando, como trompetas de anunciación, escuchó el estribillo que una noche atrás había entonado hasta el cansancio, y solo pasaron fracciones de segundo, cuando de improviso sintió que una carcajada se le escapaba huérfana de consentimiento, y tras de esta otra siguió la senda trazada por la primera.

FALTA DE COSTUMBRE

Voy en carro llegando a una intersección tipo T. Voy a doblar hacia la derecha, y en esa dirección que voy a girar vienen dos policías a caballo, a la par uno del otro. Uno de los policías, el que viene por el lado interno del carril, trae su mano izquierda extendida en línea recta (formando un ángulo de 180 grados respecto al codo). Yo no entiendo en principio cuál es la intención de la mano extendida, luego pienso que seguro señala algo en la acera a su izquierda o por ahí cerca. Entonces, comienzo a asomarme hacia ese lado mientras giro el carro, tal fue el nivel de observación (entiéndase fisgonear o vibrar) mía, que casi atropello a los policías ☹☹☹. Finalmente caí en la cuenta que lo que estaba haciendo era indicando que iban a doblar, je je.

MOSQUITO ZOMBI

Ayer al subirme al carro lo encontré lleno de mosquitos. Seguro dejé alguna ventana media abierta y por ahí se metieron. Eso dio origen a una verdadera campaña militar contra esos zancudos. Y los mataba con mucha efectividad. Sin embargo, cuando creía que ya había acabado con ellos, pum, volvían a salir no sé de dónde. Y la batalla conti-nuaba sin cesar. Sin embargo, esto me llevó a meditar por qué los bandidos zancudos no se acababan y recordé que tienen un ciclo de vida corto, que se reproducen rápido y viven poco tiempo. Pero este ciclo reproductivo jamás sería de unos minutos. Por tanto, llegué a la conclusión de que debían de volver a la vida como mosquitos zombis y que la única forma de acabarlos de una vez era cortarles la cabeza. Llegado a esa conclusión busqué un alfiler y los comencé a pinchar en la cabeza, con esto finalmente acabé con el problema. ☺

EL COLMO DEL DESPISTE

Estaba viendo de forma rápida publicaciones, cuando en eso veo una esquela que decía Albert Espinoza..., ha muerto ☹☹☹ Juro que por unos momentos pensé que me había muerto. Al salir del shock me regreso a la publicación que ya había pasado y decía "Alberto Espinoza..."

DESPISTE NIVEL EXTREMO

Llego a San José y, después de haberme bajado del bus, me enrumbo en dirección al Mercado Central, camino por la avenida, me digo "ahorita paso frente al mercado". Voy todo el camino fijándome para ubicar la entrada del susodicho mercado, pero cuando he avanzado un buen trecho, noto que casi he llegado al Parque Central. ¡Diay! ¿Y el mercado? Entonces caigo en la cuenta que voy por la avenida segunda 😣 😣

CONVIÉRTASE EN MEME

Anda una campaña de un banco que dice eso. Yo lo leo y mi mente comienza a volar como el éter fuera de un frasco. Algo típico, y la razón por la que soy un collage de ideas, y causa de mi despiste.

¿Si fuera un meme, qué sería?

Para mi madre algo así como un santo en potencia, o sea, todavía no, pero me ve potencial. Entonces me convertiría en un meme de San Pascual Bailón. Para mis hermanas sería un candil de la calle, el meme cae por el propio dicho. Para mis detractores políticos sería algo así como un bufón con la mitad de la cara de Milton (Friedman, padre del monetarismo y precursor neoliberalismo), y la otra mitad (barba incluida), la cara de Ernesto (Che Guevara). Para mis estudiantes, bueno eso depende de la cercanía del examen, así que podría haber todo un espectro que iría desde la madre Teresa de Calcuta hasta Mr. Krueger (ojo, pero no confundir con Freddy).

HITLER STALIN

Era un compañero mío de la universidad. En esos años era un tipo muy tranquilo, muy calmado, pero sobre todo muy pacífico. Creo que es el tipo más amigable y pacífico que haya conocido, no mataba ni una mosca y huía hasta de las cucarachas. Un día le pregunté por qué era así tan pacífico, tan buena gente, y me dijo que seguro por los nombres que tenía. ¿Cómo así? Le pregunté, y me respondió que esos eran los nombres de un santo y de un pacifista. Bueno no estuve de acuerdo, pero no le dije nada. Hitler Stalin era además muy despistado, era de los que iban al centro de su pueblo en bicicleta y regresaba a pie dejando el vehículo olvidado.

Siempre lo recuerdo taciturno, con una sonrisa bonachona. Él tenía un hermano, también en la universidad, al que por cierto apodaron como "tibio". Y, ¿por qué así?, le pregunté un día, y me dijo, "porque él le contó a sus compañeros que su papá era de Aguas Calientes y su mamá de Río Frío".

LA HUELLA EMOCIONAL NEUTRAL

Es un término que me inventé. Existe la huella de carbono neutral, que consiste en retirar del ambiente la misma cantidad de dióxido de carbono liberado. Esto por medio de sembrar árboles o promover acciones que ayuden a contrarrestar la cantidad de ese gas en el ambiente.

Pues bien, ahora estamos plagados de malas noticias en las redes sociales, yo mismo me uno con frecuencia a ese coro de malas noticias y quejas.

Sin embargo, consciente de eso, trato luego de compensar con historias, anécdotas cómicas que promuevan la risa, el buen humor, la alegría. A veces se me va la mano y pongo historias tipo "agarrada de maje", pero siempre con la intención de hacer reír. También me gusta escribir reflexiones positivas que promuevan la esperanza y el bienestar.

Así que, si a veces se me ha ido la mano con las bromas, con lo que escribo, pido disculpas. □

LA VIDA ES UNA EPIFANÍA

Creo que si tuviéramos verdadera consciencia de lo efímera que es la vida no desperdiciaríamos nuestro tiempo en aquellas cosas que no nos dan felicidad. La vida es un soplo, así que ríe, sé amable, conversa, visita amigos, comparte con la familia, ayuda a tus compañeros. La vida dura lo que una epifanía, por eso cada minuto cuenta. Respira hondo y disfruta de cada momento, como si fuera la primera vez. Expulsa los pensamientos negativos y sé consciente de tu alrededor.

DÍA DEL PADRE

Esta semana del *Día del Padre* lo he celebrado como se debe, compartiendo con mi hija; un día de estos me fui con ella a comprarle zapatos (sin mi esposa que nos acompañara), y esa sí que es toda una odisea digna de ser vivida por todo padre. Vale más que mi natita se decidió rápido, solo tuvimos que ir como a 25 tiendas de zapatos, nada más, je je je. Lo importante es que al final mi hija quedara contenta. ¡FELIZ DIA DEL PADRE PA'TODOS!

GARROBEANDO

Tal vez usted se ha fijado que los garrobos y las iguanas algunas veces mueven la cabeza sucesivamente, hacia arriba y hacia abajo, como diciendo, sí, sí, sí...

Hace un tiempo visité la península de Papagayo, y cuando estábamos esperando una buseta para que nos llevara a la salida, pasaban trabajadores de la empresa y todos nos saludaban, moviendo la cabeza hacia abajo y hacia arriba. Así como saludan los japoneses, haciendo una genuflexión con su cabeza.

Yo me imagino que debe ser una muy buena capacitación de servicio al cliente, seguro.

La cosa es que un carajo pasó como 4 veces, dos hacia arriba y dos hacia abajo. Y cada vez que pasaba saludaba moviendo la cabeza de la forma dicha. Y yo respondía el saludo de la misma forma, pero al rato de estar en eso, me sentía como garrobo. 😁😁😁

AHÍ PARA ARRIBITA...

Llego a la parada de los buses de la empresa TUASA, que viajan hacia Alajuela, frente al parque La Merced, y veo un rótulo que dice BUSES PARA HEREDIA. Entonces le pregunto a un chavalo que estaba ahí: ¿y cuál es la fila de los buses a Heredia?

"No", me dijo el muchacho, "la parada de los buses a Heredia es más para arriba". Bueno, entonces camino aproximadamente 150 m y me encuentro una parada de buses color amarillo y rojo (colores heredianos). Ah pues, aquí es, pago el pasaje y me monto. Al ratito le pregunto al chofer, ¿miré y este bus pasa por la Universidad Nacional?, el tipo se me queda viendo perplejo y contesta "este bus va para

Alajuela, los que van para Heredia paran en la parada de los de TUASA.

Ah bueno, ni modo, perdí 550 colones, me bajo me regreso a la parada de TUASA y al llegar, veo un bus debajo del rótulo que decía "BUSES A HEREDIA", *ya quemado con leche*, le pregunto al tipo, "¿este bus va para Heredia? Sí", me dice, "¿y va por la Aurora? No, los que van por La Aurora están ahí para arribita".

Bueno voy otra vez para arribita, esta vez fijándome mejor que la vez pasada, pero al rato de caminar no veo nada. Pregunto entonces a una dependiente de una tienda y me dice que los buses a Heredia paran a un costado del parque, frente al Ministerio de Salud. Emprendo el rumbo hacia ese lado y al llegar pregunto por los buses y me dicen, "ya los cambiaron de lugar, están ahí para arribita". Bueno, emprendo entonces el camino "para arribita"...

Como corolario, yo creo que deberíamos de patentizar esa unidad de medida, "ahí para arribita", o sea una APA, la cual equivale a 150 metros.

Y de paso patentizamos la "vara guanacasteca" que, según mis cálculos, debe equivaler a unos 5 metros.

INVESTIGANDO LOS ORÍGENES DEL ARROZ CON POLLO

Pregunta de investigación:

¿Por qué ese nombre y no arroz con gallina?

Antecedentes

Desde que yo recuerdo, a ese *menjunje* de arroz con el ave de marras, se le ha llamado arroz con pollo. Pero, me llama la atención que cuando estaba güila, no existían las famosas ventas de pollos como ahora. Y la gente lo que hacía era gallina arreglada, enchufa, achotada, etc. Entonces me viene la pregunta, ¿por qué no se llama arroz con gallina?

Solo se me ocurre que, como la gente antes tenía sus gallinas sobre todo para el consumo de los huevos, entonces las gallinas eran poco sacrificadas para no perder la producción de huevos. Además, mucha gente criaba sus propios animales. Ahora, considerando que se necesitaba solo uno o dos gallos para fecundar a las gallinas, supongo que cuando había que hacer arroz mezclado, se elegían para sacrificar a los pollos ya bien criados que todavía no eran gallos, porque no aportaban producción al hogar. Ahora me imagino que como era celebración se hacía gran cantidad de comida por tanto se necesitaban varios animales.

Hipótesis

"Se eligieron pollos (gallos jóvenes) para hacerlos con el arroz porque aportaban poco a la producción del hogar".

Ahora, sin embargo, está la otra pregunta, ¿por qué sí se elegían gallinas para hacerlas como gallina arreglada, etc.? Creo que, porque era más de consumo familiar y no tanto como plato en festividades, por tanto, solo se necesitaba una, y es bien sabido que la carne de gallo es más dura.

Pero eso son solo suposiciones que necesitan ser verificadas. ¿Alguien que lo quiera como tema de tesis? 😁😁😁

EL HÁBITO NO HACE AL MONJE
Allá por los albores de la década de 1990, trabajaba en una empresa que vendía computadora, o sea, era un vendedor ejecutivo. 😎

Ocurre que un día a la gerente de ventas se le ocurre que los vendedores tenemos que salir a la calle a cazar clientes. Entonces nos mandó para la calle, yo me fui con un compa Juan José. El hombre de corte de cabello muy bien recortado y full vaselina. Los dos vestidos de camisa blanca manga larga y pantalón negro uno, y azul el otro, ambos con fuerte corbata de colores sobrios. Y también con sendos maletines de color oscuro, y unas agendas en la mano.

La cuestión es que nos vamos para Escazú, y comenzamos la faena. Llegamos al primer local comercial, toda esa era una zona de locales comerciales, y al acercarnos a la puerta, la persona que estaba ahí sale despavorida hacia adentro, y cierra la puerta. 😮😮

Vamos al segundo local, y nos pasa lo mismo, estaba en la entrada la persona y al vernos llegar corre hacia adentro a esconderse.

Oiga, nos pasó así en los primeros cuatro locales, ni siquiera nos dejaban hablar. Al llegar al quinto local comercial, la persona que estaba ahí estaba descuidada y cuando ya nos vio, era tarde, entonces lo saludamos, pero el señor comenzó con una serie de excusas y no nos dejaba hablar, y a como pudimos le decimos "es que andamos vendiendo computadoras", entonces el señor, haciendo un gesto de alivio, nos dice "ahhh es que yo pensé que eran testigos de Jehová". Aclarado el asunto, entonces pudimos ofrecer nuestro producto 😁😁

EN LA FARMACIA
Escuchando las conversaciones de los clientes mientras espero en una farmacia: entre el chavalo de negro y el otro de camisa azul: "estás gordo mae",

"diay la buena vida de no hacer nada"... La joven señora de bolso café, inflando los cachetes, expresa: "uy, que se apure la fila tengo que recoger a mis hijos"... Los alemanes pensionados buscando la fila para entregar la receta: "subansen strugensen bajensen" (traduzca usted porque yo no entendí ni papa)... La chica de blusa color (no sé bien, parece un color como rojo-anaranjado-papaya-rosado o una simbiosis de todos estos), contándole a una amiga "y fijáte que la babosa esa me sale gritando porque estaba conversando con el mae de ella..."

¡QUÉ PEREZA!
A veces cuando voy a San José a reuniones de trabajo pienso "que pereza ir allá". Incluso cuando voy de camino voy pensando en eso. Pero entonces recuerdo las veces que iba a ponerme la quimioterapia, o la radioterapia o iba a citas de control donde me revisarían exámenes que me había hecho e iba con temor de que me dieran "malas noticias". Y recuerdo cuánto deseaba que esa no fuera la situación y que ese viaje fuera uno de tantos a una reunión de trabajo. Recuerdo cuán tranquilo hubiera ido si ese fuera el caso. Entonces, al recordar todo eso, me siento muy dichoso de que mi viaje a San José sea solo por una reunión de trabajo y eso me da una paz

y tranquilidad inmensa. Tal vez, a veces, si nos sentimos tristes, agüevados o con pereza, nos valga recordar las veces que hemos estado en situaciones peores y eso nos traiga tranquilidad.

AL CHANCHO COMO LO CRÍAN

Parece una frase simple, tal vez podría pensarse que hasta vulgar, sin embargo, la frase en sí encierra mucha filosofía de la vida. Es una frase existencial. Supongo que este tema es algo que uno escribiría a la una de la madrugada, recién llegando a la casa después de las fiestas.

"Al chancho como lo crían" es una frase *pencona*, que uno puede darse el taco de decir, pecho inflado, en los años mozos, sin embargo, es una frase difícil de sostener con convicción e hidalguía después de rebasar los 40 años, que por alguna razón se ha convertido en una edad donde comienzan a hacerse presentes muchas enfermedades, sobre todo para aquellos *que hemos vivido en nuestra ley.*

Con el pasar de los años y sobre todo después de los 40, tenemos dos caminos:

A) seguimos diciendo "al chancho como lo crían" con todo el descaro y convicción del mundo

B) comenzamos a desviarnos de la forma en que hemos sido criados, para alargar un poco más la vida.

Quienes siguen el primer camino, pues de seguro morirán en su ley, sin embargo, "morir en su ley" encierra una gran fuerza interna; quien escoge morir en su ley tiene los ovarios o los testículos suficientes para decir "sí, así como viví, así estoy muriendo" y no se arrepiente de haber seguido la filosofía de "al chancho como lo crían". Son pocos los que probablemente elegirían este camino; yo probablemente no. Yo soy más del punto 2, mejor hago unas cuantas desviaciones del "al chancho como lo crían" (o como se cría el mismo que creo que es lo que sería más cercano a la realidad), para procurar alargar un poquito más la existencia. Sin embargo, en este punto se me vienen a la mente dos cosas: a) De verdad que me gustaría tener la hidalguía suficiente para guiarme por el punto 1 anterior, y b) de repente pienso en el refrán que reza "quien vive temiendo morir se olvida de vivir"...

MI REGALO DEL DÍA DEL PADRE
A usted amigo y amiga del "feisbuk" le voy a pedir un regalo del Día del Padre. Es algo que tiene un poder y una fuerza especial, algo que puede hacer

feliz a una persona o entristecerla, algo que puede unir o desunir familias, pueblos, o países. Algo que puede motivar naciones al desarrollo o llevarlas a una crisis. Sí, creo que ya se dio cuenta que le voy a pedir, "voy a pedir que me regale UNA PALABRA", solamente una palabra, no es cualquier regalo, una palabra cuando se regala para un día especial, debe ser una palabra muy bien pensada, muy bien hilvanada.

Ahora, si ya usted me regaló esa palabra tan especial, entonces tome esa palabra duplíquela, triplíquela, quintuplíquela de cariño, elévela a la enésima potencia, engrandézcala de mimos y regálesela también a ese ser especial suyo que es papá también, a su padre, hermano, amigo, primo, cuñado, sobrino, tío, vecino, compañero, etc. Hoy es un día especial, y esa palabra puede surtir un efecto muy importante, puede acercar o puede aumentar más su relación con esa persona.

¡Feliz Día del Padre!

DESPRENDERSE DE UNO MISMO
Varias religiones hablan de eso, esa es sabiduría universal. Desprenderse de uno mismo es hacer acciones en beneficio de los demás y no solo de uno

mismo. Es pensar también en los demás en cada acción que hacemos. Pero, si analizamos todas las actividades del entorno trabajo, familia, estudios, religión, política, etc., nos daremos cuenta de que no existe plenitud de satisfacción en el desarrollo de estas, precisamente por anteponer primero al yo, y luego a los demás. Yo creo que cada acción que hagamos debemos preguntarnos, "¿esto lo hago solo por mí o también por los demás?" (familia, amigos, vecinos, compañeros, y otros). ¿Mis acciones benefician también a los demás o las hago solo pensando en mí? Al final, el éxito que tengamos en la vida (y cuando digo éxito no lo reduzco al éxito material), dependerá en mucho de la amplitud de mis acciones hacia los demás. Esto obviamente, es solo mi forma de pensar, es lo que creo, basado en lo que he observado y analizado a través de los años ayudado con lectura de diversos textos.

HABLEMOS DE LA POBREZA ENTONCES

Ahora ha salido a relucir en las redes sociales el tema de la pobreza, algunos, sostienen que el que es pobre lo es básicamente porque es vago.

Bueno, yo creo que no es algo tan simple. Quiero para eso basarme en mi experiencia en Santa Cruz, que fue donde nací y donde me crié.

Cuando güila, en mi pueblo había hijos de gente acomodada que tuvieron todas las oportunidades para estudiar o ser empresarios, pero no las aprovecharon –no todos–, y varios de ellos bajaron su nivel socioeconómico. También hubo niños de hogares pobres que pese a sus limitaciones económicas salieron adelante. En mi infancia, la mayor parte de las familias acomodadas eran comerciantes, ganaderos o agricultores, ahora, la mayor parte de los hogares acomodados son de profesionales, en una buena parte procedentes de hogares pobres y muy pobres. Entonces, el "tener éxito" en los términos materialistas que maneja la gente, no es exclusivo de una clase social.

Ahora bien, muchas de las personas de hogares pobres y muy pobres que alcanzaron el "éxito", lo lograron en buena parte (creo yo), debido a la existencia de condiciones creadas para que así fuera (educación gratuita en primaria y secundaria y gratuita con apoyo económico a nivel universitario, o bien, con el apoyo de instituciones como CONAPE, creadas para financiar estos casos).

Si estas condiciones no hubieran existido, posiblemente ocurriría lo de El Salvador, Honduras, Guatemala, donde la pobreza no se reduce, los ricos siempre son ricos y los pobres no rompen los círculos de pobreza. Solo existen dos clases económicas, básicamente.

Pero no creo que ahí quede todo. ¿Por qué no todos los pobres salen de los círculos de la pobreza?

Yo creo que por dos razones:

- Factores de resiliencia
- Sistema educativo
- Condiciones del hogar
- Condiciones de la comunidad.

Factores de resiliencia: es una cuestión genética y tiene que ver con las características que tenemos los seres humanos para superar los problemas. A mayor presencia de estos factores resilientes, mejor actitud para enfrentar las adversidades.

Sistema educativo: tenemos un sistema educativo que potencia básicamente solo un tipo de inteligencia o a lo sumo dos. El tipo de inteligencia lógico-matemático, y también el interpersonal. Solo recientemente se han creado programas para potenciar otros tipos de inteligencia.

Así que aquellos como yo, que tenemos ese tipo de inteligencia (o en mayor proporción ese tipo), posiblemente tengamos mayor éxito académico que aquellos que no.

Condiciones del hogar: indudablemente la visión de los padres y las condiciones del hogar influyen también en el desempeño escolar, colegial y universitario, como fuente de apoyo moral y de motivación.

Condiciones de la comunidad: un niño criado en una comunidad con muchas fuentes de "contaminación social", pues tendrá más difícil el camino para buscar una mejor posición social.

Ahora, puede ser que una persona aun teniendo dos o más de estos factores en contra, salga adelante, pero, es mi opinión que, si se crean condiciones para salir de los círculos de pobreza, la cantidad de personas que lo haga será mayor. Como ejemplo, pongo a Costa Rica y al resto de países de Centroamérica.

Entonces, mi punto es que deben crearse las condiciones para romper los círculos de pobreza, para acelerar más el salir de tales círculos. Algunos no lo harán, pero otros sí, y es por esos que sí lo harán que debemos de apostar. En Costa Rica hemos apostado por un Estado Social Solidario y creo que podemos ver los beneficios que eso nos ha traído. Lo otro es apostar por la *Ley del más fuerte*, desde el punto de vista evolutivo sería mejor, pero no desde un punto de vista racional social.

COSAS DE LA VIDA – APRENDIENDO DE LA VIDA
Cuando la vida nos da un giro inesperado, con frecuencia las personas siguen el nuevo rumbo sintiendo ira, pena o lástima por ellas mismas. Y así

transcurren infelices el nuevo camino sin reparar en las cosas nuevas que nos ofrece el nuevo recorrido. Entre esas cosas nuevas que podemos encontrar, está el aprendizaje que podemos sacar de la experiencia pasada y nuevas oportunidades que sin duda encontraremos en este nuevo trayecto. Si usted ha pasado por algún trance de este tipo y en su nuevo transitar no ha reparado en nuevos aprendizajes o no ha visto nuevas oportunidades, quizá sea porque está caminando con los ojos cerrados.

¿SELFI O NO SELFI?

Casi siempre que salgo a cletear tengo la costumbre de subir fotos del paseo. Al principio pensaba si eso no significaba algo de vanidad. Sin embargo, después me daba cuenta que esas fotos motivaban a otros a hacer lo mismo. Por supuesto, tal vez había personas que eso les resultará ridículo o vanidoso o la publicación les molestara.

He leído algunos comentarios de gente molesta porque otros hacen donaciones y se toman fotos. Puede ser que esto motive a otros a donar y puede ser que también despierte molestia en otros. Esa es la dualidad de cada cosa que hacemos en la vida. Pero pensar que solo hay una forma de ser o ver las cosas, o sea, pensar que mi "verdad" es absoluta, que las cosas son a como las veo y nada más, es un rasgo de arrogancia. ¿Quién puede saber qué rumbo puede tomar una acción? Nadie. Toda acción siempre puede ser vista desde dos perspectivas: una desde el vaso medio lleno y otra desde el vaso medio vacío. Cada quien elige cuál perspectiva toma. Sin embargo, sea cual sea la perspectiva que tomemos, esa será solo nuestra forma de ver las cosas, ¡y nada más! La vanidad, creo yo, se expresa de muchas formas, no solo en el hecho de tomarse el "selfi", sino en creer que tenemos toda la autoridad y la sabiduría para criticar a quienes lo hacen o la suficiente visión para juzgarlos. Por otro lado, me parece lamentable que estemos hablando de estas cosas cuando debiéramos estar enviando mensajes de unión y no de división.

LEER SÍ ... PERO NO SE QUEDE AHÍ

Leer es sencillamente apasionante, se sumerge uno en un mundo de aventuras y de emociones a veces ilimitadas. Los libros, sobre todo los de literatura y también los históricos, hablan sobre las aventuras y desventuras de otros. Usted al leer vivencia las aventuras, reales o fantásticas, del autor, *sí del autor*, lo cual nos produce verdadero placer. Sin embargo, hay algo mejor que eso todavía: *escribir el libro de su vida, ¡vivir sus propias aventuras!* Así que a complementar: lea, pero también escriba y viva sus propias aventuras.

¿BUEN O MAL GUANACASTECO?

Yo particularmente, no podría o no sabría calificarme como buen o mal guanacasteco. No lo podría decir yo, ¿cómo saberlo? De lo que sí estoy seguro es de las siguientes cosas o hechos:

- Cuando escucho *una parrandera* se me eriza la piel como a la dormilona cuando la tocan, se me sacude el espíritu, me relincha el alma como potro cimarrón.
- El sonido de la marimba me hipnotiza, me atrapa y me pican los pies por la bailadera.
- Podría pasar horas de horas oyendo *una parrandera*.
- Me gusta el coyol, la chicha y el chicheme y si es de batea y en guacal, mejor.
- Me gustan las rosquillas, las tanelas, las empanadas, el piñonate, las roscas bañadas, los limones (repostería).
- De vez en cuando me bulle la sangre como el coyol que, atrapado en una botella, no lo dejan respirar por horas.
- Me gustan las *montaderas* de toros.

Si soy un buen o mal guanacasteco no lo sé, tampoco me interesa saberlo, pero independientemente de que sea o no un buen guanacasteco, el sentimiento por la marimba, las parranderas, el coyol, la chicha, las tanelas, las rosquillas, el perrerreque, el pozol, la gallina henchida, las montaderas, las aventuras de güila en la bajura, todo eso hace que me sienta agradecido por haber nacido en esta tierra.

LA IGNORANCIA Y LAS MIGRACIONES

Creo que la ignorancia es la madre de muchas desgracias y entre estas de la xenofobia. Desde que el primer ancestro bajó de los árboles, sus descendientes no han hecho más que migrar. Los primeros *homos erectus* que salieron de África se desplazaron hacia Asia y Europa. Tiempo después, en Europa darían origen a los Neandertales (*homo sapiens*). Oleadas posteriores de *homo sapiens sapiens* (hombre moderno) salieron de África y se desplazaron por todo el mundo. Algunas teorías dicen que este humano moderno es culpable de la extinción de sus pares neandertales y *homo erectus*. El caso es que estas migraciones vinieron a desplazar por todo el mundo al hombre moderno. Si no hubiera sido por estos ancestros que se decidieron a aventurar, quizás no existiríamos. Los vikingos fueron otros que a base de invasiones y conquistas se mezclaron con las poblaciones de ingleses y franceses (normandos). Los ingleses son conocidos por su determinación. Quién sabe si esto no se debe a la herencia de los bravos y valerosos vikingos. Estados Unidos es un pueblo creado a base de aventureros, de migrantes, quizá de ahí el espíritu empresario de sus pobladores, herencia de aquellos quienes se aventuraron a hacer vida en un mundo nuevo. Cito solo algunos casos, habrá otros más. Si no hubiera sigo por las migraciones no existiríamos y quizás si no hubiera sido por las migraciones algunos países, sus culturas, no serían lo que son hoy.

AYUDAR A LOS DEMÁS

Es una acción sublime, sin embargo, hay tres aspectos importantes a tomar en cuenta cuando se quiere ayudar a alguien y que, por general, causan problemas cuando no se toman en consideración. 1) El suponer que la otra persona necesita ayuda, 2) suponer cuál es la ayuda que necesita y, 3) proceder a realizar esa ayuda sin el consentimiento de la otra persona. Al final la persona ayudante obtiene un sublime "no se meta en lo que no le importa", de parte de la persona ayudada. Por eso, yo desde hace varios años solo doy ayuda cuando me la piden.

ALEJANDO LA TRISTEZA

¡Buenos días! Feliz último lunes del año y feliz semana. Aunque la tristeza haga la visita, recuerde que depende de usted darle alojamiento. Si la tristeza toca a su corazón haga como con los vendedores a quienes no queremos comprar sus productos, dígale "yo ya tengo de eso pase mejor otro día", o sencillamente dígale no gracias, pero estese atento porque normalmente después de la tristeza, viene la alegría ofreciendo su producto, solo que a veces nos encerramos en el cuarto y no escuchamos tocar la puerta o pensamos que es nuevamente la tristeza tocando. Estamos en época del florecimiento de la esperanza. Procúrense, por tanto, algunas pequeñas alegrías que en estos días brotan por cualquier lado.

NO JUZGAR LIBRO POR LA PORTADA

Desde hace varios años aprendí a no juzgar a un libro por su portada. Ocurrió en mi época de vendedor de computadoras, yo era vendedor de planta y me tocaba atender a los clientes que llegaban a la empresa. Un día llegó un señor muy sencillo en su forma de vestir y yo en ese puesto estaba acostumbrado a atender a muchas personas de diversas ocupaciones y posiciones económicas. Pues este señor quería comprar una computadora y yo le mostré lo que había comenzado por las más sencillas (juzgando por la pinta del señor), pero él insistía en que le mostrara las más potentes (andaba con su hijo, quien era el que insistía en este punto). Bueno, al fin se decidió por una más o menos carita, después de lo cual quiso que le mostrara una impresora y yo volví a comenzar por mostrarle las más sencillas, ¡pero no!, él quería una de las más caras. Mientras tanto yo me decía para mis adentros que seguro cuando le dijera el precio de lo que quería se iba a echar para atrás, sin embargo, cuando eso ocurrió él sencilla- mente me dijo que sí y que cuándo se la podía tener lista. Al día siguiente llegó el señor (acababan de salir los billetes de 5 mil colones), y billete sobre billete de 5 mil pesos pagó el equipo. Eso me hizo me- ditar en otros chavalos que llegaban "bien vestidos" y jugando de vivos, y después de regatear se llevaban una compu baratilla y de feria, a crédito. Después de eso, no juzgo a nadie por su forma de vestir ni de pensar ni de nada o por lo menos trato de no hacerlo.

CRISTO Y LOS CRISTIANOS
Todo lo que a continuación escribo, es solamente producto de mi razonamiento y de ninguna manera pretende constituirse en una verdad absoluta.

He conocido en mis 53 épocas lluviosas o épocas secas (es que aquí no tenemos primaveras ni otoños, solo esas dos estaciones), muy pocas aproximaciones de lo que podríamos llamar un buen cristiano. Pero no se confunda el no ser buen cristiano o cristiana con ser buena persona. Porque no es necesariamente lo mismo, claro, indudablemente un buen o buena cristiana será una buena persona, pero también hay buenas personas que no son cristianas, sino de otra creencia religiosa o bien, de ninguna.

La razón por la que creo que he conocido muy pocos buenos cristianos (católicos, protestantes y otras derivaciones de estas ramas). es porque muchos de los que se dicen creyentes, en realidad no creen fielmente en lo que Jesús enseñaba. Claro, no se les puede culpar por eso, si hasta el mismo Tomás, que comió y bebió con el Mesías y lo acompañó por mucho tiempo, dudo de él. Hasta el mismísimo Pedro, también tuvo dudas al negarlo tres veces.

¿En qué fallan los cristianos? Cito dos cosas nada más, por supuesto que hay otras dimensiones a considerar, pero me enfoco básicamente en dos: 1) Aceptación y 2) Desprendimiento.

Para explicar el primer punto me voy a valer de Mateo 6:25: *"Por eso les digo, no se preocupen por su vida, qué comerán o qué beberán; ni por su cuerpo, qué vestirán. ¿No es la vida más que el alimento y el cuerpo más que la ropa?"*

Las personas andan siempre preocupadas por el futuro, no reduzcamos esto al comer o vestirse, sino también por cualquier otro acontecimiento de la vida, perder un curso, el trabajo, un accidente, en realidad, no sabemos qué otros acontecimientos van a generar esto que ha ocurrido, por tanto, ¿por qué hemos de preocuparnos? Y eso lo sabía Jesús, también los taoístas chinos lo saben (es realidad, es sabiduría ancestral), por eso creen que cualquier idea puede ser vista como su contraria, si esta se analiza desde otra perspectiva. En este sentido, la categorización (clasificación, etiquetamiento) solo lo sería por conveniencia. Y es esta calificación (bueno, malo, por ejemplo) un error en que incurrimos mucho.

2) Desprendimiento: creo que se mal interpreta el término cuando solo se reduce al desprendimiento por las cosas materiales. Eso va más allá, incluso el desprendimiento por las cosas materiales es solo una consecuencia, lo que en realidad creo que refería el maestro (Jesús), es a un desprendimiento del ego. Lucas 9:24 (Reina-Valera 1960 –RVR1960): *"Porque todo el que quiera salvar su vida, la perderá; y todo el que pierda su vida por causa de mí, este la salvará.".* Salvar su vida, cualquier acto de egoísmo, es un acto pensado para sí mismo, pensado solo para

él. Así que cuando pensamos en función de nosotros, cuando nuestra preocupación es solo por nosotros, cuando nos vale muy poco que le suceda al otro, pues entonces ese es un acto egocéntrico.

También aplica cuando vivimos pendientes de lo que los demás puedan pensar de nosotros, cuando hacemos actos para guardar nuestra reputación (¿acaso le importó a Jesús lo que la gente dijera cuando fue a cenar con Zaqueo?). También cuando nos ofendemos por lo que la gente diga de nosotros y cuando nos sentimos exaltados por las adulaciones. Esas son muestras de que nos dejamos llevar por el ego, nos preocupamos por nosotros mismos. Por tanto, cuando nos desprendemos del ego, dejamos de pensar y actuar en función de nosotros, y es de esa manera cuando entramos a un estado más espiritual y más cercano a Dios, y al reino pregonado por Jesús.

IDEALISMO

Pues me consideraba un idealista, pero ya creo que voy abandonando esa filosofía.

¿La razón? En realidad, el universo seguirá su curso. No vamos a cambiar las cosas. Quizás es arrogancia pensar que podemos cambiar el rumbo de la especie humana. Los humanos nos creemos una especie privilegiada por hacer uso de la razón, pero esta facultad la hemos usado para hacer el mal al planeta y a los demás seres vivos.

Somos la única especie en millones de años que hemos tenido la facultad de incidir sobre los fenómenos atmosféricos. Pero en vez de hacer uso de esa facultad para mejorar las condiciones de vida en este planeta, lo que hemos hecho es acelerar la destrucción de los seres vivos actuales.

Los dinosaurios habitaron el planeta por más de 300 millones de años, el ser humano moderno tiene si acaso 100 mil años o menos de estar dominando en este mundo. ¿Usted cree que estaremos en este planeta por 1 000 años más? ¿O al menos unos 500 años más? ¿O por lo menos unos 200 años?

CONSEJOS PARA COMUNICARSE ASERTIVAMENTE
(Esto son solo ideas mías y nada más)

1) No generalice a partir solo de su percepción.
2) Es bueno siempre, aunque sea redundante, dejar claro que es solo su opinión y nada más.
3) No use etiquetas, no descalifique a su interlocutor(a).

4)	Evite hacer afirmaciones a no ser que tenga datos fiables que respalden lo que dice u otro tipo de argumento sólido.
5)	Si tiene datos fiables ponga la fuente.
6)	Exponga su opinión y los argumentos que la respaldan y evite usar términos como "usted está equivocado", a no ser que cuente con datos que contradigan lo dicho por otro. Pero si no es así, si es un asunto de puntos de vista, entonces puede decir "otra forma de ver las cosas es esta…"
7) Si va a referirse a un punto de conflicto entre dos partes, procure haberse apropiado de los argumentos de ambas partes antes de opinar.

NO CREO EN UNA REALIDAD ABSOLUTA

La frase anterior encierra en sí misma redundancia. Una realidad implica ya un absoluto. No me gustan los absolutos, y no creo en ellos. Cuando uno se hace acompañar por los absolutos, entonces es proclive a expresiones tales como: usted está equivocado, eso no es así, es usted un bruto o un imbécil. Solo por citar algunas.

Quizá debería aclarar que me estoy refiriendo a la forma de ver las cosas y no tanto a la propiedad material de lo que estamos viendo. Por ejemplo, todos podemos ver que una persona le pegó a otra, en eso podríamos coincidir, pero las razones por las que le pegó, podrían originar una serie de desavenencias.

Soy del pensar que todos podemos tener una perspectiva diferente de las cosas y que estas no puedan clasificarse como ciertas o equivocadas. Creo que es importante siempre prestar atención a otras perspectivas diferentes a la nuestra, quizás esto contribuya a ampliar nuestro rango o margen de conocimiento.

Colón era uno de los creyentes en que el mundo era redondo, en tiempos en que la creencia generalizada, en occidente, era que el mundo era plano. Y muchos creían loco a Colón por eso.

A Copérnico lo mataron por sostener que la Tierra no era el centro del Universo. Pitágoras estableció como un axioma que, todo fenómeno de la naturaleza podía ser representado con números enteros. Cuando Hilado de Metaponto, discípulo del gran matemático, planteó cuál sería la hipotenusa de un triángulo rectángulo cuyos catetos fueran iguales a una unidad, fue mandado a asesinar, por haber encontrado un error en el axioma pitagórico.

LA VIDA COMO LAS OLAS DEL MAR

¡Buenos días! ... ¡Feliz viernes y feliz fin de semana! Disfrute lo que queda de esta semana y con igual alegría reciba la semana que viene.

El tiempo no cambia nada, el mundo no cambia, solo es un ciclo constante como todo en el Universo. La vida es como las olas del mar, si se le fue una pues ya vendrá la otra. Unas más grandes otras más pequeñas, pero todas ellas las podemos disfrutar o bien, no disfrutarlas. Si la disfruta o no, o la intensidad con la que lo haga, solo dependerá de usted. Y si no disfrutó una no se agüeve, ya vendrán más. Algunas posiblemente lo revuelquen, porque a veces nos descuidamos y no nos preparamos para recibirla. Habrá otras que apenas le mojen los pies, pero sea como fuere toda ola nos mojará algo. Y como dice popularmente "la pipol" **¡Véngase fin de semana para quererlo!**

NO SE ACHICOPALE

¡Buenos días! ... ¡Feliz jueves! 😃 😃 😃 Ánimo, que ya casi estamos en fin de semana. Pero si quiere disfrutar la vida de veras, sea consciente de cada instante de su vida. Aleje los pensamientos y potencie la observación. Observe detenidamente su entorno y dígale ¡Puertaaaaaaa!, a su capacidad de asombro, déjela brincotear alegremente por su alrededor y la paz llegará a usted.

Pero si usted decide "¡qué carajos!, yo quiero pasar achicopalado o *enchompipado* hoy...", bueno, si es así, disfrute esa emoción de achicopalarse o enchompiparse con ganas, peeeeeero, solo por hoy. Que no le sorprenda el día de mañana con esa emoción porque se le hará costumbre. 😀😀😀 Feliz jueves y que lo pase como bonito.

NO ESTÁS EQUIVOCADO

Vos no estas equivocado(a) solo ves las cosas diferente de mí; tu verdad no necesariamente es mi verdad, pero eso tampoco es importante; lo realmente importante es que tu verdad te haga feliz a vos y que mi verdad me haga feliz a mí.

YA EN SERIO

Ahora que escribí eso de los hueveros, me puse a pensar que estamos rodeados de cosas que nos pueden motivar y mejorar el día. Solo basta estar atento al entorno y a nuevos aprendizajes. Estar despierto, como diría un iluminado.

LOS PENSAMIENTOS NOS DISTRAEN DE LA FELICIDAD

Los pensamientos nos distraen de la felicidad. Respire hondo, disfrute el sabor de cada molécula de oxígeno que pasa por su nariz, mientras observa las maravillas de la vida que rodean el entorno donde se encuentre.

PAZ INTERIOR

Haga este ejercicio:

Deténgase en lo que esté haciendo. Vea con detenimiento lo que le rodea y observe cada detalle, procure mientras lo hace no pensar en nada más. Y al terminar este ejercicio verá cómo siente una ligera paz interior.

GRACIAS MIGRANTES

Independientemente de qué teoría quiera seguir uno sobre el origen de la humanidad, el hecho es que se originó en una región específica (África Subsahariana, teoría evolutiva), o Mesopotamia (Edén, entre los ríos Tigris y Éufrates, teoría bíblica). Y de esas regiones los humanos se aventuraron al resto del mundo. Si no fuera por esos primeros migrantes que sintieron necesidad de abandonar su lugar de origen, el mundo no se hubiera poblado. Es gracias a ellos y ellas que existimos actualmente.

Así que cada vez que veamos a una persona migrante, debe ser la gratitud el sentimiento que nos mueva hacia esa persona.

VEGANOS Y EL PETRÓLEO

Costa Rica es un país que le ha vendido al mundo la imagen como ecologista, amante y protector de la naturaleza. Si de pronto decide abrir sus puertas a la producción petrolera y minera a cielo abierto, sería como si un famoso y exitoso restaurante vegano comenzara a vender carne…, pero de animales en peligro de extinción.

EL PODER

Es una cosa bien jodida, y creo que muchos de los conflictos y problemas del país y el mundo, nacen por una desmesurada ambición por hacerse con el poder.

Es un peligro cuando el poder recae en personas o grupos que no tienen la capacidad siquiera para saber cuál es el alcance de poseerlo.

Hay quienes quieren el poder, pero no la responsabilidad, solo quieren la autoridad que les da el poder.

Hay pocos, muy pocos, que pueden controlar el poder y no dejar que el poder los controle a ellos.

Cuando en una organización hay personas que tienen una ambición sin límites por el poder, terminan llevando al caos a las organizaciones con tal de hacerse con el poder, o bien, porque lo tienen y, abusando del poder, llevan a las organizaciones al caos.

BUSCANDO LA COMBA AL PALO
Cada quien elige cómo quiere sentirse (no aplica a situaciones de enfermedad como la depresión y otras también graves), me refiero eso sí, al diario vivir.

 Yo creo que nuestra situación emocional, en un momento determinado, depende de cómo percibamos las cosas. Me voy a explicar mediante un ejemplo.

Una vez había que impartir un curso de Estadística en el recinto de Golfito de la UCR. Yo vivía en Liberia, la Escuela de Estadística mandó el comunicado a los profesores que impartían clases en toda la UCR, y bueno, yo me enteré y acepté. Me tomé el asunto con orgullo y satisfacción, porque me dije para mí mismo "la Escuela está confiando en mí para impartir ese curso".

Tiempo después se lo comenté a unos compas míos de Estadística, de los que llaman "colegas", y estos me dijeron mientras se reían "vos fuiste el único tonto que aceptó". Bueno, eso no hizo mella en mí, y siempre lo seguí viendo como un honor el hecho de que me hubieran elegido.

Viajaba cada 15 días, los sábados. Salía de Liberia a las 3 a.m. para tomar otro bus en San José y llegar a las 3 p.m. a Golfito. El viaje era cansado, al día siguiente, debía tomar bus a las 5 a.m. para el regreso a Liberia. Estuve todo un año viajando a Golfito, pues eran dos cursos, uno en el primer semestre y otro en el segundo.

Sin embargo, esos viajes me los tomé siempre con buen espíritu. Pero imaginen ustedes el calvario que eso hubiera significado, si mi percepción hubiera sido, como la que me mostraron mis amigos estadísticos. Si mi pensamiento hubiera sido "que tonto fui al aceptar venir aquí, fui el único baboso que aceptó". Entonces ese año hubiera sido insufrible. Pero no fue así, todavía sigo pensando, que es un honor que me hubieran elegido, sea como sea, hubo confianza en mí para llevar a cabo esa labor.

Ocurre lo mismo cuando a uno lo buscan estudiantes para que ayude o asesore en alguna tarea o trabajo final de graduación. Siempre me digo "están confiando en mí para esto". Creo que el hecho de que las personas confíen en uno, en que uno les pueda colaborar, debe ser motivo de orgullo. Pero otros no lo ven así, ven eso como una molestia o un estorbo. Por tanto, tener que colaborar, bajo esta visión debe ser muy cansado y extenuante.

Usted elige cómo se quiere sentir, y de eso va a depender cómo usted vea las cosas. Procure siempre "buscarle la comba a palo", para que su vida no sea un "castigo emocional".

LA UNIÓN DE LOS PUEBLOS DEL MUNDO
¿Qué hace falta para que los pueblos del mundo trabajen como uno solo, para mejorar las condiciones de la especie humana como misma y solo sociedad?

Si examinamos las películas de ciencia ficción, esto ocurre cuando los humanos están en peligro de extinción, ya sea por alguna enfermedad (virus) o por una invasión extraterrestre (Batalla Naval, Día de la Independencia y otros). En estos casos los diferentes países y estados olvidan sus diferencias y se unen para trabajar o luchar por una causa común.

Revisando la historia, lo más próximo a una invasión de un pueblo extranjero con mejor tecnología, poniendo en peligro de extinción a otro pueblo militarmente menos poderoso, se dio con la llegada de los españoles al territorio americano. Esto, podría asimilarse a una invasión extraterrestre a la tierra actualmente. Digo esto porque los americanos no tenían conocimiento sobre los europeos y las tecnologías de ambos eran muy diferentes. Sin embargo, analizando le reacción de los pueblos aborígenes, propiamente de los dos imperios más grandes del continente, uno en el norte y el otro en el sur; y de los pueblos bajo el dominio de estos imperios, el comportamiento de estos pueblos no fue precisamente el de unirse en contra del enemigo común. Muy al contrario, y más claramente con respecto a los aztecas y los pueblos dominados por estos, más los enemigos de los aztecas, se unieron a los españoles para combatir a sus dominadores. De hecho, y siguiendo el libro Tenochtitlán del coterráneo José León Sánchez, de no haber sido por los tlaxcaltecas que se unieron a los españoles y más tarde el pueblo de Texcoco que hizo lo mismo, de no haber sido por esta circunstancia muy posiblemente Hernán Cortés hubiera fracasado en su intento por conquistar México.

Ahora, ¿bajo una invasión extraterrestre ocurriría esta misma circunstancia actualmente?

Creo que muy posiblemente no, porque lo que ocurrió a los pueblos americanos con los españoles fue suficiente lección como para que volvamos a repetir ese mismo error.

SÍNDROME DE PERCEPCIÓN DEL VECINO MEDIOCRE
Le puse ese nombre porque no sé si existe algún nombre para eso, y no se me ocurrió otro.

Cuando trabajaba en una empresa en el puesto de Recursos Humanos, me llamaba la atención que llegaban muchos a quejarse de que, en su sección o departamento, era donde más trabajaban y que les pagaban menos que otros que eran menos eficientes que ellos.

Digamos que había 6 departamentos A, B, C, D, E y F, y en cada uno de estos, había personas que consideraban que la labor que hacía su departamento era más importante y eran más eficientes, que la labor de las personas en los otros departamentos.

Entonces, si partimos del hecho de que todos tenían razón, solo caben dos posibilidades, o todos eran súper eficientes y son excelentes en su labor, o todos era realmente malos. Lo digo, desde la perspectiva que tenían los de los diferentes departamentos.

Mi criterio al respecto, es que en todos los departamentos había gente que se esforzaba mucho en hacer las cosas lo mejor posible y talvez otros no tanto. Pero, en suma, el esfuerzo conjunto de un departamento no podía decirse que fuera mayor o menor que el de otro.

Esto se puede extrapolar también, creo yo, a grupos en la sociedad, que creen que son más eficientes y peor pagados que otros grupos. Y quizá también hasta a nivel personal, por ejemplo, el tipo que dice "¿por qué esa mujer andará con ese tipo si es bien feo y no tiene ninguna gracia, mientras yo soy más guapo y divertido?"

Lo que me parece a mí es que muchas veces emitimos criterio sin tener la información apropiada. Me parece que el origen de muchos rumores, miedos, conflictos y desavenencias, en general, radica en la falta de información. Sin embargo, eso no debería de excusarnos porque ahora con tantas tergiversaciones y noticias falsas, creo que es la prudencia la que debería guiar nuestras acciones.

¡NACIÓ UN PEÓN … NACIÓ UNA COCINERITA!

Gran parte de lo que es hoy el territorio de Guanacaste, fue forjado por la actividad ganadera. Hace más de 80 años atrás, las poblaciones obtenían su sustento de esta actividad económica. Así que gran parte de la población trabajaba en las grandes haciendas ganaderas.

En esos años, cuentan los abuelos, que cada vez que había un nacimiento, la partera anunciaba el sexo del recién nacido de la siguiente manera "nació un peón", si era varón, o "nació una cocinerita", si era mujer.

Tal era el estigma ya desde el nacimiento, al mejor estilo de "El mundo feliz" de Aldous Huxley, donde, desde el nacimiento, los seres humanos eran clasificados de acuerdo a su nivel intelectual, entre alfas, betas (los más calificados) y deltas y epsilones (los menos calificados).

En Guanacaste ha costado muchas décadas tratar de dejar ese estigma de "peones" y "cocineritas", y es triste ver que todavía hay personas que, desde otras regiones del país, y algunos desde la nuestra propia, nos siguen viendo de esa manera.

Guanacaste ha dependido, en la mayor parte de su historia, de las actividades agrícola-ganaderas, y ahora más recientemente del turismo. Y hay quienes dicen que aun con la llegada del turismo, no ha habido mucho cambio, nada más que pasamos de ser peones agrícola-ganaderos a "peones" en el sector turismo.

Una forma de acceder a empleos mejor pagados es mediante la educación, pero hay una queja de las empresas que se instalan en la región, en el sentido de que la formación que estamos dando a nuestros estudiantes no responde a las necesidades actuales de estas empresas. El inglés, así como el uso y conocimiento de las tecnologías de punta y la innovación en los procesos de producción, es ahora un requisito exigido por las empresas.

Con alegría deberíamos tomar en la provincia, en particular, y en el país, en general, que la educación esté virando hacia el uso de tecnologías modernas e innovadoras y el dominio del idioma inglés. Pero es triste cuando vemos que los principales interesados en esto, quieren seguir pariendo y formando "peones" y "cocineritas". Y si bien ambos son empleos nobles, también es cierto que son trabajos muy duros y muy mal pagados y es por eso, que muchos padres desean que sus hijos no sigan ese camino. Por eso es difícil entender cómo estos padres son cómplices de un futuro de trabajos duros y mal pagados para sus hijos.

¡LOS POBRES SE MERECEN LA POBREZA!

Ahora que leo comentarios de gente oponiéndose a que los estudiantes de colegios agropecuarios (con muchos estudiantes pobres), reciban una instrucción utilizando recursos de tecnológicos de punta, se me viene a la mente esa frase. Con tristeza he leído algunos que vaticinan, casi con alegría o frío desparpajo, que eso será plata echada a perder. Que lo que harán esos estudiantes es agarrar eso como juguete y que cuando los jodan hasta ahí llegará la aventura. Otros más creen que eso no es necesario y que con pala, machete y espeque es más que suficiente.

En el fondo de esos comentarios yo siento que subyace otra cosa, y es ese pensamiento de que invertir en los pobres es plata perdida, porque los pobres al fin y al cabo son pobres porque nacen con una mediocridad casi genética.

He escuchado a través de mi vida, comentarios de gente acomodada o con plata (ojo que no generalizo, no está en mí hacer eso), que cree que los pobres lo son porque son vagos o incapaces. O sea, un pobre es pobre porque se ha merecido la pobreza. Por tanto, cualquier inversión en los pobres es plata desperdiciada.

A mí eso no me preocupa, ni me entristece, pero lo que sí me entristece es escuchar o leer comentarios de gente pobre, o que viene de hogares pobres, pero ya no lo son, que tienen ese mismo pensamiento, ¡los pobres se merecen la pobreza!

Es gente además de que romantiza la pobreza (como diría mi amigo Manfred Falcón), casi dicen que hay que agradecer a Dios haber nacido pobres, para así tener la oportunidad de escalar socialmente, mediante un esfuerzo denodado,

En el fondo, lo que veo es siglos de siglos donde nos han inculcado a los pobres que nacimos pobres y pobres seguiremos. Tampoco han contribuido algunas religiones que consideran casi una virtud haber nacido pobres.

Vengo de un hogar pobre, de una cuadra pobre, un barrio pobre y un cantón pobre. Algunos dirán que había otros más pobres, sí, pero igualmente una gran parte éramos pobres.

Mis hermanos y yo salimos adelante en la vida, tuvimos la oportunidad de estudiar todos en la universidad. Hay quienes dirán que es mérito de mis padres. Pues sí, hay algo de razón en eso. Pero no es todo el mérito de ellos, además que afirmar que es solo mérito del hogar, me provoca un nudo en la garganta porque pienso en mis amigos de la cuadra, del barrio, que no alcanzaron esas metas y no salieron de la pobreza. Se me haría injusto decir que eso fue así porque sus padres fallaron.

Es injusto porque talvez sus padres tenían menos recursos y su madre, a diferencia de la mía, tenía que trabajar fuera para dar sustento a los hijos porque con el salario de sus hijos no bastaba. Es injusto porque mi padre era maestro y mi madre tenía mucha facilidad para las cuestiones académicas y eso hacía que ella nos ayudara con las tareas. Como sea, el punto es que no me atrevería a culpar al hogar por eso.

Otro factor que contribuyó, creo yo, a que algunos del barrio saliéramos de la pobreza y otros no, es el hecho de que tenemos un sistema educativo que privilegia básicamente habilidades lógico matemáticas, y en mi casa, casi todos los hermanos teníamos ese tipo de habilidades. Por eso, la escuela, colegio y universidad no fue difícil, o tan difícil, como sí lo fue para otros que no tenían este tipo de habilidades.

En suma, no voy a hacer afirmaciones, pero me parece muy arriesgado creer que los pobres se merecen la pobreza.

Creo firmemente que un sistema educativo donde otras habilidades se hubieran potenciado, hubiera brindado mayores oportunidades a otros para salir de la pobreza. El pobre no es pobre porque quiera serlo, ciertamente hay pobres que no aprovechan las oportunidades, pero otros sí. Igual como los hijos de padres acomodados que aprovechan las oportunidades que sus padres les brindaron, pero otros no.

El aprovechar o no las oportunidades, sea por desidia o por falta de capacidad, no es exclusividad de una clase social.

CON VOCACIÓN DE SERVICIO

Usted tal vez se pregunte qué motiva a un deportista a levantarse de madrugada todos los días para entrenar, o tal vez se pregunte qué motiva a una persona a andar recogiendo cuanto perro o gato se encuentre, los lleva a su casa, los cuida y luego trata de buscarles un hogar. Y así puedo seguir por el estilo con otros ejemplos.

Cuando fui presidente de una asociación de estudiantes en la UCR, pusimos un puesto de cervezas en semana universitaria; recuerdo acostarme a la 1 a.m. de la madrugada, recuerdo meter las manos de madrugada en esas hieleras casi congeladas, para hurgar buscando una birra que pedían y de las que quedaban ya pocas. Recuerdo levantarme a las 5 a.m. para perseguir el carro de la cervecería para que nos dejara las cervezas y el hielo. Recuerdo firmar facturas por montos "exorbitantes" para un estudiante pobre y becado y rezar para que se vendiera el producto y poder pagar esas facturas. Por supuesto, era un trabajo de todo un grupo, y todos con la misma vocación de querer ayudar, –aunque no faltó quiénes se metieran para robar y así lo hicieron, pero no eran de la directiva–, sino otros que llegaron a "ayudar" a vender cervezas.

Y esa es una escena que se repitió durante muchos años en la universidad, porque también estuve de presidente en la Asociación de Estudiantes de Estadística, o colaborando con otros compañeros en otros años, en los mismos avatares.

Recuerdo que esa vez que pusimos ese puesto de cervezas de la asociación de las residencias, con las ganancias, pudimos comprar una lavadora para uso de todos, porque no había en ese momento y teníamos que lavar a mano. Fue un buen logro.

¿Y qué obteníamos a cambio? Nada, ni siquiera muestras agradecimiento y muy por el contrario, lo único que decían es que uno se metía a eso para robarse la plata. Ni un cinco obteníamos de eso, y por el contrario, había que andar poniendo plata del bolsillo de uno. Quienes han estado en situaciones similares lo saben.

Entonces, ¿por qué meterse a eso? Porque uno es idealista y quiere mejorar el entorno, la sociedad, el grupo donde está, porque uno tiene vocación de servicio.

Yo no dudo que haya gente que se mete a la política para robar dinero o ver qué puede agarrar, o para legislar en beneficio propio. Porque la hay. ¿En qué porcentaje? No lo sé, ni me atrevería asegurar que sean mayoría. Lo que sí puedo asegurar, es que hay gente que se mete a la política porque tiene vocación de servicio, quiere mejorar su país.

Y, como dije antes, esa es mi perspectiva. Porque *cada ladrón juzga por su propia condición.*

¿SOS REALMENTE FELIZ?
Las personas que son realmente felices pasan tan ocupadas siendo felices, que no tienen tiempo para andarse ocupando de lo que hacen los demás.

Hay un dicho que reza *dime de qué presumes y te diré de qué careces.*

Se ha hecho muy frecuente, ver en las redes sociales a unos cuestionando los gustos de otros. Así, algunos se creen en el "Olimpo intelectual", sencillamente por el hecho de que no les gusta el reguetón y consideran vulgares y brutos a los que sí les gusta eso. Otros, se creen gurús literarios porque no leen a Coelho y hay quienes creen estar en el pináculo del gusto musical porque no gustan de la música de Arjona. También he leído a otros que consideran descerebrados a los que gustan de las revistas de Stan Lee y sus películas, pretendiendo dictar cátedra sobre gustos literarios. Y así por el estilo.

Esto me llama a curiosidad porque también buena parte de estas personas, tienden a quejarse y acusar de fanáticos a quienes, amparados en la religión, pretenden imponer a otros criterios de moralidad y buen comportamiento.

Pero me pregunto yo, ¿y burlarse de otro o tratar de minimizarlo porque lee a Coelho, escucha a Arjona, baila reguetón o le gustan las tiras cómicas, no es exactamente lo mismo? ¿Qué diferencia habría con lo que hacen los dogmáticos de la religión cuando pretenden imponer patrones de moralidad o comportamiento a todos los demás?

¿Qué es aquello que nos impulsa a tratar de imponer a otros nuestra forma de pensar, nuestros gustos?

Creo que en el fondo solo es una insatisfacción con nosotros mismos. No podemos reducir a las personas a simples etiquetas, porque las personas no pueden ser definidas. Somos demasiado complejas para pretender que por una u otra actividad que realice un determinado individuo, podemos pretender saber cómo es esa persona.

Alguna vez los pintores impresionistas fueron considerados vulgares exponentes de un arte que, hasta entonces, era dominado por la perfección del realismo clásico propio de la era del romanticismo. Y los pintores impresionistas acaso fueron objeto de burlas.

En sus inicios el rock and roll fue considerada música satánica, vulgar, pero hoy muchos de los adeptos a las expresiones musicales hijas de este género, hacen *bullying* de otras manifestaciones musicales.

No pretendo defender aquí a Coelho, Arjona, el reguetón o las tiras cómicas; mi punto es que cada quien debería ser feliz con lo que le gusta, y si anda dedicando tiempo a los gustos de los demás es porque no es enteramente feliz con los suyos. Y acaso sea envidia por el disfrute que hacen los demás de sus propios gustos.

Yo no veo a los seguidores del reguetón metiéndose con aquellos a quienes les gusta el metal o el rock and roll o la música clásica (solo por citar algunos). Tampoco veo a los que escuchan a Arjona criticando el pretendido elitismo de quienes se auto consideran inmaculados del gusto musical, y menos veo a los que gustan de Coelho cuestionado los libros que leen quienes los critican a ellos.

Y quiero cerrar con una frase que decía el maestro Facundo Cabral: "vos sos del culto cristiano, yo soy del culto judío, si yo no te toco el culto, por qué me tocas el mío".

BUENOS DÍAS … FELIZ MIÉRCOLES

Día mediano de la semana y de vivir la vida minuto a minuto. Si lo hace, si se concentra solo en el minuto actual, verá como la vida cambia de color.

PARODIANDO A SABINA

Con un poco de imaginación partiré de viaje enseguida a vivir otras vidas... Y la piel de todos los tipos que nunca seré.

Pero si me dan a elegir entre todas las vidas yo escojo: la vida de Hemingway en Cuba, la de Américo Vespucio en la Tierra del Fuego, la de Erick el Rojo en Vinlandia, la de Gabirol en Granada...

BUENOS DÍAS … FELIZ DOMINGO Y FELIZ FIN DE SEMANA

... Hoy es día de vivir la vida con intensidad. De saborear cada molécula de oxígeno que aspire nuestra nariz. De degustar cada gota de agua que prueben nuestros labios. De abrazar con el alma. De iluminar nuestra vista, con cada uno de los colores del espectro que componen los rayos de luz que penetren por nuestros ojos. Es tiempo de sentir el mundo que nos rodea con cada pedacito de nuestra piel. Él es día de amar sin medida y de entregarnos en cuerpo y alma en cada cosa que hagamos.

¿CÓMO DEBE UNO VIVIR LA VIDA?

Lugares bucólicos como este bar en Dos Ríos de Upala despiertan los sentidos y el cosquilleo espiritual.

Podemos acortar la vida disfrutándola a placer o alargándola al punto de restringirnos. ¿Cuál es el punto de equilibrio?

Responde mi amigo *Bernal Cortés* que, haciendo aquellas cosas que nos hagan felices.

LA MUERTE DE GABRIEL BADILLA

Ahora con la muerte de este futbolista, muchas personas han emitido sus opiniones al respecto. Algunos cuestionan que él hiciera deporte de alto rendimiento, cuando hace no mucho lo habían operado del corazón, y que tal vez eso fue causa de su muerte.

Yo no lo sé, no sé si eso fue causa de su muerte. Pero partamos del hecho de que le habían recomendado no hacer deporte de alto impacto, ¿por qué lo hizo si es que esta advertencia le había sido hecha? No lo sé, pero puedo imaginar porqué, después de la operación que le hicieron del corazón, él posiblemente sintió que había renacido, que tenía una segunda oportunidad de seguir *viviendo*.

Posiblemente con una segunda oportunidad, quería vivir intensamente la vida y eso nos lleva a la pregunta: ¿Qué significa vivir la vida?, ¿qué significa "la vida"? Obviamente eso tiene un significado diferente para todos; "vivir la vida" depende del significado que cada quien le dé, de qué es lo que le gusta, de qué es aquello en lo que quiere invertir ese "crédito" de aire, de oxígeno, de movimiento, de pensamiento.

Pero, me pregunto yo, ¿podemos vivir la vida no pudiendo hacer aquello que nos gusta? ¿Qué es vivir? ¿Será vivir solo el hecho de respirar? ¿Privarse de aquello que nos hace feliz? Gabriel Badilla murió, pero posiblemente lo hizo viviendo la vida, viviendo su vida, haciendo aquello que lo hacía feliz. En contraposición, hay muchos vivos que alargan su existencia comportándose como zombis, o sea, personas que no tienen control de sí mismos, que no pueden hacer lo que quieren, en suma, "que no pueden o quieren vivir su vida".

¡VIVE EL PRESENTE!

"Si no eres consciente de cada uno de los objetos y personas que te rodean en el lugar en el que te encuentras actualmente, entonces no estás viviendo el presente y estas siendo presa de los pensamientos. No te distraigas, ¡despierta! Abre los ojos y observa la realidad"

BUENOS DÍAS ... FELIZ DOMINGO...

Hoy es día de vivir el presente, de alejar los pensamientos de observar su alrededor... De prestar atención a quienes tengamos cerca y en ese momento enfocarnos solamente en esta persona, sea el amigo, familiar, vecino o cualquier otro prójimo.

¡BUENOS DÍAS ... FELIZ MARTES!

Es curioso, pero creo que disfruto más el Día del Niño ahora que no lo soy que cuando era güila. Por cierto, que precisamente el Día del Niño, una de mis hijas me enseñó mucho, aprendí mucho de ella. En general, las hijas nos pasan enseñando, solo que a veces no estamos lo suficientemente atentos para notarlo.

INTERACCIONES SOCIALES

¿Y si cada interacción, conversación, compartir alguna actividad, un viaje, por ejemplo, nos cambia de alguna manera? ¿Si esa interacción de alguna forma nos da o nos quita energía? Si nos transforma en algún grado, ¿no nos gustaría entonces elegir la fuente de ese cambio y el tipo de cambio? Aunque, si lo pensamos bien, a veces el grado o nivel de impacto o del efecto depende de la disposición que tengamos para esa transformación.

¿INTELIGENTE?

La inteligencia es una habilidad para hacer algo. Unos tienen habilidades para los cálculos matemáticos y de índole similar, otros para el canto, para la poesía, la pintura, el deporte, otros para aprender idiomas, etc. Sin embargo, vivimos en una sociedad que pondera demasiado unas habilidades por encima de otras. A propósito de la concepción de este término, creo que la mejor definición que he escuchado es la que solía decir mi mamá: "Hay personas que son inteligentes para una cosa, pero para otras no".

¡BUENOS DÍAS ... FELIZ MARTES!

Día de los embarques y día de casarse, sí, de casarse con las ideas optimistas, día de casarse con el compromiso hacia nosotros mismos, compromiso de ver el mundo diferente de como lo hemos visto hasta ahora, si es que esa manera de verlo no nos ha conducido a algunos momentos de felicidad. Procúrese hoy algún chispazo de felicidad, aunque sea de optimismo. Este asunto del día de los embarques y de casarse, se me vino a la mente como una forma de contrarrestar el adagio negativo que se cierne sobre los martes, el cual reza así "los martes ni te cases ni te embarques". No olvide comer frutas y tomar agua, mucha agua.

¡BUENOS DÍAS... FELIZ SÁBADO!
Que lo pasen muy bien. El tiempo es corto y la vida un suspiro. Sonría, respire despacio, observe su alrededor con detenimiento, sea consciente de cada cosa que le rodea, aleje todo pensamiento durante el tiempo que observa. Y experimentará un instante de paz espiritual.

Después de eso, cómase la fruta y las verduras. Y también tómese la agüita, recomendación del amigo *Rodrigo Rod Rigo Rojas.*

COSAS BUENAS Y COSAS MALAS
Por Dr. Brando Eluku

Los acontecimientos que nos ocurren no son buenos ni malos, negativos o positivos, son solo experiencias. El carácter de bueno o malo o positivo o negativo se lo dan las personas. Toda situación tiene su lado positivo y su lado negativo, nada es enteramente bueno ni enteramente malo. Y a veces, situaciones que, en primera instancia, nos parecen malas, a la larga terminan siendo buenas, y viceversa. Ante cualquier acontecimiento que nos parezca bueno o malo, en primera instancia, lo que debemos hacer es observar, verlo desde diferentes puntos de vista, analizar todas sus dimensiones. Esta observación nos llevará al aprendizaje, a tomar lo mejor de cada situación.

NATURALEZA HUMANA
Por Dr. Brando Eluku

Hay personas que tenemos la tendencia a fijarnos o pensar negativamente de otros y buscamos solo aquella información que nos refuerce esos aspectos negativos. Además, cuando creemos que esa persona ha caído en el "pecado" que nosotros nos hemos formado de ella, nos llenamos de alegría porque creemos que estábamos en lo cierto y hemos reafirmado poder de razonamiento. Sin embargo, estas conclusiones son, en la mayoría de los casos, emocionales más que racionales, creo yo. Cualquier posición racional al respecto, en primera instancia, no concebiría juicios de valor y, en segunda instancia, valoraría las informaciones, a favor y en contra, y no se sesgaría solo en una de estas vertientes. Ahora que estamos en tiempos electoreros, es cuando más salen a flote estas emociones.

CONOCIMIENTO DE CAUSA
Por Dr. Brando Eluku

Hay varios tipos de argumentos, creo que los de mayor validez o poder son aquellos basados en datos resultado del rigor científico. Sin embargo, existen otros argumentos que también tienen mucho poder, creo yo, y son aquellos basados en el conocimiento de causa. Esto es, personas que han experimentado los hechos en discusión y que han tenido un papel destacado en eso. O sea, gente que ha vivido la situación en carne y hueso.

Por ejemplo, algunas personas emiten criterios sobre un entrenador de futbol, sin embargo, ellos no conocen el entorno, el contexto, y si, de feria, ni siquiera han dirigido equipos importantes, pues tampoco conocen cómo es dirigir equipos de fútbol. Ahora, tampoco es necesario que usted haya sido entrenador, pero tal vez sí fue un futbolista destacado, con amplia experiencia en ese deporte, y que ha tenido la oportunidad de estar bajo el mando de entrenadores exitosos. Eso también, creo yo, le daría armas o criterio para opinar de forma fundamentada. Pero, si usted no conoce el contexto, ni el entorno, ni ha tenido experiencia en la actividad de entrenador, ¿qué lo califica para emitir una opinión?, y peor aún, cuando no es apoyada por un fundamento.

Ahora digamos, que usted no tiene experiencia manejando personas, pero tal vez usted sea un experto en el comportamiento humano, entonces su conocimiento es solo teórico, y cualquiera que haya experimentado la teoría y la práctica, posiblemente opinará igual que el exmandatario Solís "no es lo mismo verla venir que bailar con ella".

Tener conocimiento de causa, implica, haber estado expuesto a la actividad que se cuestiona y, en principio, en el mismo papel cuestionado. Eso implica, opinar con propiedad, porque se conoce el entorno, el contexto, y se puede evaluar con un mejor panorama, los resultados de la gestión de la persona en cuestión.

"Solo no se equivocan aquellos que nunca intentan hacer nada", Goethe. "Solo si lo has hecho mejor tenés el derecho de criticarlo", este no sé de quién es.

SALUDO ESTRATIFICADO

Ahora fui a caminar en la mañanita y siempre acostumbro a saludar a quienes me topo y después de varios intentos de saludo, algunos efectivos (entiéndase así cuando el saludo es devuelto), y otros no, recordé al eminentísimo profesor Gurú del comportamiento humano, el Dr. Brando Eluku: él estudió ese asunto de los saludos y después de varios años de experimentación, obtuvo la siguiente tabla de probabilidades estratificada por edad.

50 años y más – 99% efectividad del saludo

40 a menos de 50 años – 90%

30 a menos de 40 años – 60%

20 a menos de 30 años – 30%

Menos de 20 años – 10%

¿HUMANISTA?

¿Qué somos en esencia los humanos?

No me cabe duda de que la naturaleza es sabia. Pero me pregunto, ¿cuál será el propósito de haber dotado de razón al ser humano? ¿O será un "gol", que alguno le metió a la madre naturaleza? ¿Algún evento estocástico fuera de su control?

¿Para qué hemos usado la razón los humanos?

Cuando me pongo a pensar que los dinosaurios dominaron este mundo por más de 300 millones de años, me pregunto por cuánto tiempo dominarán el mundo los humanos, tomando en cuenta que el humano actual tendrá si acaso unos 200 mil años de haber aparecido. Y, los homínidos, con algún nivel de raciocinio, a lo sumo 2 millones de años.

¿Que estaba pensando la madre naturaleza al dotarnos de razón? O tal vez hay que mirar más allá de la Tierra, y pensar que solo somos peones de un ajedrez inmenso que va incluso más allá de nuestra Galaxia.

¿A parte del desarrollo de infraestructura, equipos y herramientas, en qué otra cosa nos hemos diferenciado del resto del reino animal?

Hay ciertas características que algunos asocian con el concepto de "humanismo" o "humanista", como la solidaridad, el amor, bondad, caridad, carisma, empatía y otras más.

Sin embargo, me pregunto yo, ¿somos todos los humanos poseedores de esas cualidades? ¿Somos al menos la mayoría? Viendo la historia humana, y los tiempos actuales, yo pongo en seria duda que esas cualidades sean las que predominan en un ser humano. Es indudable, sí, que ha habido y hay humanos que las poseen, y las aplican más allá de sus seres queridos o cercanos. Pero, no estoy seguro de que sea la moda entre los de mi especie.

Y pienso que el término, en general, está mal aplicado, cuando se usa para indicar solo las bondades del ser humano... ¿Qué piensan ustedes?

DÉJÀ VU

Ahora que escribo me pongo a pensar qué triste sería el mundo sin que las personas se saludaran. Tal vez esto que digo sean resabios de "vejentud", pero es que me crié en un lugar y una época en que las personas se saludaban todos los días fueran o no conocidas.

Wooopppp... Feliz fin de semana, y no olviden comerse la fruta y vegetales, tomar agua, y de ahí para adelante, que sea lo que ustedes quieran.

¡A LA FUERZA NO!

Una vez leí una historia sobre un perro al que debían darle un medicamento, y el dueño del perro todos los días lo agarraba a la fuerza para dárselo. Pero el perro no se dejaba, ofuscado por esto, el dueño consultó a un gurú, quien le recomendó probar darle el medicamento, pero sin recurrir a la fuerza. Al día siguiente, el dueño del perro se acercó al animal y le ofreció el medicamento y fue muy grande su sorpresa cuando el perro se acercó y gustosamente tomó el medicamento.

He conversado con varias personas que odiaban leer literatura en el colegio, en cuenta yo, sin embargo, después del colegio retomaron la lectura, por pasatiempo. Y entonces se terminaron enamorando de los libros.

Talvez sería bueno probar otras opciones para tratar de motivar la lectura en la escuela y el colegio, de tal forma que motivemos el amor por los libros.

II. PARTE
FRASES

- LAS MUJERES HERMOSAS

El mundo está lleno de mujeres hermosas. Casi todas lo son, pero hay pocos hombres capaces de encontrar el tesoro de la belleza que ellas guardan.

- JUZGAR A LOS DEMÁS

Creo que cada vez que juzgamos a otro u otra, lo que hacemos es exportar nuestros prejuicios hacia él o ella.

- PREJUICIOS

Creo que los primeros prejuicios que debemos superar son los prejuicios hacia nosotros mismos.

- BUENOS DÍAS - MARTES

Hoy es martes, *embárquese*, cruce la mar, vaya a la otra orilla. Y mientras lo hace no olvide vivir el presente. Feliz día.

- BUENOS DÍAS - DICIEMBRE

Buenos días. Me gusta este mes, los árboles con sus mechas al viento regalan sonrisas a quienes los vuelven a ver.

- MEJORES QUE LOS DEMÁS

Si no somos mejores que aquellos que criticamos y que juzgamos, entonces somos iguales a ellos.

- VIVIR EL PRESENTE

Para vivir el presente hay que estar despierto, pero qué difícil es no dejarse adormecer por el sopor de los pensamientos.

- KARMA PARA LOS PROFESORES

Existe y se materializa en las exposiciones de trabajos finales.

- FALTA DE EJERCICIO MENTAL

La falta de ejercicio físico se nota en la playa y la falta de ejercicio mental se nota en el "feisbuk".

- VISTIENDO DE MARCA

Hay gente muy preocupada por vestirse de marca, pero hacen publicaciones citando páginas "marca patito".

- POSICIONES RADICALES

Creo que hay una alta asociación entre las posiciones radicales y la falta de capacidad analítica. Creo que todo radicalismo está muy cerca del totalitarismo.

- GENES DE CUCARACHA

Algún gen de cucaracha quedó atrapado en mi proceso evolutivo, porque mucho desinfectante me espanta.

- REBELDES Y REVOLUCIONARIOS

"No todo rebelde es un revolucionario, pero en todo revolucionario hay un rebelde".

- APRENDIZAJE Y CONOCIMIENTOS INFINITOS

Ojalá tengamos la suficiente humildad para seguir aprendiendo en este mundo de conocimientos infinitos.

- FALSA ÉLITE

Todo aquel que se cree en una élite, porque hace algo que no hacen los demás, solo tiene la cabeza llena de humo.

III PARTE
BOMBAS Y RETAHILAS

1) ¡Bomba!

Con esta bomba me mando
Esperando una respuesta
Anímese pierda el miedo
Responda que nada cuesta

2) ¡Bomba!

Hey Santa Cruz bonita
con sus calles empedradas
donde toda mujer es bonita
esté soltera o casada

Esa bomba está muy buena
como diría Pantaleón
que por una flor guanacasteca
perdió toda la razón

3) ¡Bomba!

Me gusta la bomba buena
Y la retahíla bonita
Pero si no sabe ninguna
échese cualquier carajadita

4) ¡Bomba!
Me gustan los nancites
Y también el agua ´e pipa
Así como tu sonrisa
cuando llegás de visita

Ojo que es un verso
no vaya a tomarlo mal
una cosa es la rima
otra cosa un babasal

Pero si la duda persiste
le digo con insistencia
es solo verso con propósito
es alegrar su conciencia

Si otra cosa usted piensa
le digo, se equivocó
y como diría Donaldo,
es como hablar de sopa
cuando tomó solo caldo

Por dónde viene la duda
yo no lo veo diferente
la consciencia es el alma pura
en su versión más ferviente

Visto de esa manera
ya no tengo confusión

mejor nos vamos al río
a echarnos un chapuzón

Aunque pensándolo bien
el río está muy cochino
no me meto ahí ni loco
entre todos los vecinos
lo fuimos echando a perder
con basura poco a poco

Ah, ya cambiando el tema
ahora hablamos del ambiente
por eso los invito
a recoger basura urgentemente

Y ya que los aburrí
mejor me voy ligerito
a buscarme una marimba
y pegarme otro buen grito

5) **¡Bomba!**
Esta no es la mejor bomba
ni tampoco tiene comparación
pero algo tenía que inventarme
este Día de la Anexión.

Hoy hace 23 años
en la mismita Anexión

nació mi primer sobrino
y lo recordamos con emoción

De las tierras bagaceñas
brotó una mujer coplera
es la mamá de Gaudy
de la UNA compañera

Rájese con una bomba
no le tenga pereza compadre
total en estas fiestas
se perdona cualquier desmadre

Si pa´ tirarse una bomba mala
cualquiera lo puede hacer
nada más aparte la vergüenza
y dele rienda a su ser

Decime una bomba buena
me rogaba mi compadre Mincho
diay compadre más que bomba
lo que me sale es un relincho

En esta esquina me paro
en la otra pego un grito
si usted quiere otra bomba
ya le paso el sombrerito

Porque el poeta debe comer

debe alimentar la prole
hay que pagar la escuela
y también el cole

Mientras estas bombas escribo
mi mujer me da un sopapo
dejá de perder el tiempo
anda sacudí y buscá un trapo

Nombre le digo a la doña
no me cortés la inspiración
mirá que esto me sale
solo el día de la Anexión

Ya con esto me despido
que el güevazo me está doliendo
mejor voy y busco el trapo
y de la compu salgo corriendo.
Uyuyuyyyy bajura

6) ¡Bomba!
De la Anexión lo bonito
es ver al país unido
unos dicen bombas,
otros bailan
y algunos montan el torito
Aunque la rima sea solito

Éntrele al vacilón
Ahora todo se vale
En las fiestas de la Anexión
Tal vez me salga mal
Y la bomba no sea buena
Pero el corazón mío
Por esta tierra suena y suena
Uyuyuyyyy bajura

7) **¡Bomba!** [1]
En asuntos de gustos
pues no hay nada decidido
si por ahí hay una media rota
aquí hay un zapato descocido

8) **¡Bomba!**
¡No soy hombre resbaloso
menos para una dama
a la cholita que me quiera
le doy el número y me llama!

(Gina Rivera)
Qué bueno que lo hace público
su esposa ha de estar contenta.

---

[1] Colaboraciones de Gina Rivera, Jorge Arturo Carmona y Gaudy Jiménez Ordóñez

Vamos a ver cómo le va
cuando ella le pida cuentas.

(Albert)
Esa bomba que has dicho
yo te la voy a contestar
ella no se dará cuenta
porque esconderé el celular

Ya te embarcaste compadre
las horas están contadas
mejor ándate persignando
pa´ semerenda trapeada.

(Jorge Arturo Carmona)
De nada te sirve esconder
el celular a tu mujer
porque en Facebook mi amigo
todo mundo llega a conocer
¡hasta el número de pliegues
de camisa y ombligo!
Ah carajo esto es funesto
Ya no cuento horas sino minutos.

(Albert)
La rima es la que está vacía
pero mejor no hablo más
pues la noche estará fría

en que mi mujer vea lo que he puesto
y me saque los trapitos

(Gina Rivera)
Albert ofreció el teléfono
buscándose un problemón
ya la esposita anda en busca
del papel de la pensión...

(Gaudy Jiménez)
Ahora sí mi compañero
la noche será inspiración
al lado de los perritos
te espera la diversión

(Albert)
Así es la naturaleza
todo a su origen regresa
pero mañana se olvidará
y junto a su cama me llamará
Uyuyuyyyy bajura jumas carajo

Que es la vida sin aventura
de por sí es corta y no dura
lo que hoy es un problemón
mañana en el recuerdo será diversión

(Gina Rivera)
Yo a usted no le creo nada
pues recula y no endereza
parece que la patrona
le dio duro por la testa
hay hombres que mucho ofrecen
teléfonos, amores y fiestas
se les olvida que en Guanacaste
la mujer silba y ellos tiemblan.
Uyuyuyyyy bajura

9) **¡Bomba!**
Ayer me dijiste que hoy,
hoy me decís que mañana
si me seguís diciendo lo mismo
Me regreso donde mi mama[2]

10) **¡Bombaaaa!** [3]
En este día de fiesta
no acepto la prosa ligera
si me va a decir algo
que sea bomba, cualquiera

---

[2] Nota: no es error ortográfico, quiero decir "mama", no mamá. Es así como muchos santacruceños hacían referencia a su madre, acentuando en la primera sílaba, cosa usual en toda Costa Rica también.
[3] Aportes de Carlos Ávila y Gaudy Jiménez

(*Carlos*)
Te veo muy contento
te veo muy inspirado
espero que de limpiar la casa
ya hayás terminado

(*Albert*)
Pues bien me conocés
mi amigo Carlos Ávila
aprendí de vos a limpiar
desde el cuarto hasta la sala

(*Carlos*)
Así me gusta mi amigo
todo bien aprendido
pero la gran diferencia
es que lo hacés con vestido

(*Albert*)
Que buena está la respuesta
lo digo con decisión
ya casi te devuelvo
tu vestido y también el calzón

(*Carlos*)
Gracias por tus palabras
agradezco tu felicitación
pero amigo querido
no es mío el vestido ni el calzón

supongo que estás confundido
lo digo sin alusión
supongo que tu fantasía
es verme con ese calzón

yo bien machito soy
nunca usaré ese calzón
tal vez sí te complazca
tu gran amigo Antillón

(Albert)
Mae rendido me declaro
reconozco tu valor
que como coplero sos bueno
tenés dotes al por mayor
por eso el peón votó
en señal de derrota clara
y será hasta el próximo año
que vuelva con esta vara

(Carlos)
Muchas gracias mi estimado
por debatir sano y sin daño
y espero con gusto tu reto
para compartir el próximo año

11) **¡Bomba!**
Con esta bomba me mando
esperando una respuesta
anímese pierda el miedo
responda que nada cuesta

(Eduardo)
¡Bomba!
Este Albert ha de ser estaca,
pues su nombre me cuesta recordar,
lo malo es que es una gata

(Albert)
Mae que bomba más buena
y esto lo digo con gozo
aunque sos seguidor de Barney
Pero para las bombas no sos baboso
Uyuyuyyyy bajura

(Marllana)
Liberiano o nicoyano
eso no tiene importancia
lo que importa es celebrar
con un buen vaso ´e coyol
estas fiestas de la Anexión
Bomba...

(Katerine Cheves)
Yo soy guanacasteca

liberiana de corazón
nací en esta hermosa tierra
donde se toma chicha y coyol

(Antony)
Acá me voy apuntando
a ponerle un poquito ´e sabor,
acá está un santacruceño,
igual que mi hermano mayor

(Alexander)
Bomba...
Como buen amigo le contesto
como buen guanacasteco me prestó,
hombres arrechos a la calle y a bailar,
hoy llego Liberia pa' vernos y recordar

(Albert)
Y ya para terminar
a mi Amigo Alex le digo
que para cualquier fiesta
podés contar conmigo
Uyuyuyyyy bajura

(Heidy)
A Guanacaste llegué
con poquitos 17 años
hace dos meses me marché
con los ojos aguados

Qué bella la tierra bajureña
y su gente tan amble
por eso esta sureña
la considera inolvidable

(Albert)
De puntillas aplaudo
esa bomba tan hermosa
lástima que se nos fue
pues era muy linda moza

(Susana)
¡Bomba!
Garrobera de nacimiento
panza agria de corazón
mañana cumplo 12 años
de vivir en esta tierra alegre
que tantas bendiciones me ha dado
Uyuyuyyyy Bajura

(Albert)
Matagarrobos has dicho
chupa tamarindos también
bienvenida a esta tierra hermosa
porque sos mujer de bien

12) **¡Bomba!**
Como dijo el compadre Andrés
sino me querés a la una
ni a las dos
pues quereme a las tres

13) **¡Bomba!**
Ya llegó el mejor mes
cuando nos brinca el corazón
es aquel en que celebramos
a la patria tica la Anexión

Triste eso sí estamos
de la Rusia nos echaron
por jugar mal no ganamos
los golcitos que hicimos no bastaron

A ver si seguimos practicando
y viendo el mundial por tele
ojalá que mejoremos
porque perder de veras duele

14) **¡Bomba!**
Me cansan los temas políticos
y también de religión

mejor es dedicarse
a celebrar la Anexión

Ayer pasé por tu casa
y me tiraste un salchichón
yo me lo capeé
pensé que era un culebrón

Luego me dio mucha lástima
pues andaba un hambrón
por poco me devuelvo
a recoger lo tirado
pero luego pasaba el bus
y me dejaba botado.

De esa historia analizo
mejor llegar tiempo
que ser invitado

Talvez la cosa no cuadre
tal vez le faltó la rima
pero hasta escribir bombas
es medio difícil prima
Uyuyuyyyy bajura

15. ¡Bomba! [4]

Cuando estaba yo muy niño
mi mamá me vestía de angelito
y ahora que ya estoy grande
las mujeres me prefieren diablito
Uyuyuyyyy bajura

(Vivian)
¡Viva la Anexión!
¡Bomba!
De Cañas me vine
a tu querido Santa Cruz
a comerme una gallina achotada
y venía repleto el bus
Allá en Cañas te espero
a tomarte la leche dormida
que es algo muy rico
y no cualquier cochinada

(Sandra)
No te dejes llevar,
por las palabras de una mujer,
sino conocés su corazón
te dejará por un billetón

---

[4] Aportes Vivian López y Sandra Cordero

(Albert)
Para esa bomba, Sandrita
yo tengo contestación
carajo que se enamora así
pierde billetera y razón

16. ¡Bomba!
En el Guanacaste nací
en el Guanacaste he vivido
soy de esta tierra de aquí
no por lo que como o bebo
sino guanacasteco
porque así lo he decidido

17. ¡Bomba!
Si yo tuviera un hijo
con la muerte ya mismito
acaso sería zombi, un angelito
o tal vez un diablito

18. ¡Bomba!
Me gusta mucho el chicheme
también me gusta el coyol
y ver tu linda cara, morena
me hace perder el control

19. **Guanacaste mío**

Nací en tiempos de carretas,
de fiestas con barrera
cuando era por gusto
la montadera
corrí descalzo caminos de piedra,
de barro en invierno y
en verano polvareda,
metido de güila
en las pozas cristalinas
hoy convertidas en aguas
inmundas, como
las cuitas de las gallinas.
Tierra verde en invierno
y seca color tortilla
santacruceña en verano
sin embargo siempre hermosa
es la tierra que yo amo
En ella confluyen la sangre india,
negra y española que dieron
origen a ese color vino
pero quién sabe, yo creo
que actualmente corre
por estas venas sangre de los
indios chorotegas, pero también
la sangre del pueblo chino.

Glosario

A

Aa aa aa aa: es una repetición de esta letra con ritmo de canción de cuna para arrullar a un bebé.

Achicopalamiento: sentirse decaído.

Agallinar: que le entró miedo.

Agüevarse, agüevazón: ponerse triste, estar triste.

Añalalales: muchos años.

Araña picacaballo: tarántulas de la zona.

Avispa ahogadora: avispa que según los pobladores de algunos lugares de Guanacaste puede causar ahogamiento (especie de shock anafiláctico) con su picadura.

B

Bagaceña: oriunda del cantón de Bagaces, Guanacaste.

Bagatzi: nombre de cacique chorotega que habitó en las regiones del actual cantón de Bagaces. Vivió en la época de la conquista española.

Bártulos: objetos de posesión personal.

Batear: en este caso se hace referencia a quien opina sin fundamento.

Bicharejos: espantos, fantamas, espectros, demonios.

Bichonahuarē: nombre de personaje ficticio creado por el autor.

Billetón: persona que tiene mucho dinero.

Billullo: dinero.

Birras: cervezas.

Bistecsito: un bistec (beef steak) o filete de carne de res.

Bolinchas: canicas.

Brad Pis: Brad Pitt dicho de forma coloquial y burlesca (pis en inglés es orinar).

C

Campero: zona campestre ubicada en Santa Cruz, Guanacaste, a unos 3 km de la ciudad, camino hacia el poblado de Santa Bárbara.

Cañón: lugar ubicado al suroeste de Liberia, cerca de las faldas del Volcán Rincón de la Vieja.

Cave old woman: parodia de la canción infatil "Que llueva, que llueva".

Cazadora: vehículo para transporte público anterior al bus moderno.

Champarros: apodo o sobrenombre dado a los miembros de una familia, muy popular de Barrio Buenos Aires en Santa Cruz, Guanacaste. Esta familia está compuesta por muchos miembros y son muy conocidos porque acostumbran ir, toda la gran familia, cada Semana Santa, a pasar varios día a la playa. Esta tradición de ellos tiene varias décadas, y antes, el traslado lo hacían en varias carretas, pero más recientemente, lo hacen en camión.

Chancleta: sandalia.

Chilillo: rama de árbol delgada y sin hojas de menos de un metro, usada para castigar a los hijos.

Chocoplún: onomatopeya del ruido producido al hundirse o caer de improviso en un río, laguna o mar.

Chori: diminutivo de chorizo, aquí aplicado como sobrenombre o apodo.

Chunche: cualquier cosa, cualquier objeto.

Cimarrón: que no ha sido domesticado, toro que nació y se crió en monte y no ha conocido humanos.

Cleta: bicicleta.

Cletear: andar en bicicleta.

Cletero: hombre que anda en bicicleta.

Cletita: diminutivo de cleta.

Correcaminos: personaje de tiras cómicas.

Coyol: también llamada "agua de coyol", es una bebida que consiste en la savia de una palmera denominada coyol, es de color blanca. Tiende a fermentarse con el pasar de los días, y se supone es una herencia de los aborígenes chorotegas.

Cruceta: especie de espada delgada con empuñadura en forma de cruz.

Cuerío: apodo, sobrenombre.

Cuestererón: cuesta o camino muy empinado.

D

Dencel Guachinton: Denzel Washington, dicho de forma coloquial.

Diana: música de banda que se interpreta al amanecer, que anuncia que la comunidad está en modo de fiesta. Los amanesqueros pasan en vela para unirse al recorrido mañanero de la diana.

Drinking: tomar licor.

E

El Cacao: barrio o caserío del distrito primero del Cantón de Santa Cruz.

Enchompiparse: poner mala cara, cara de muy serio.

Espanta perros: cimarrona, orquesta pueblerina, en algunos lugares de Guanacaste.

F

Feisbuk, Feis: forma popular de denominar a red social Facebook.

Flashianos: a la velocidad de Flash, superhéroe de historietas.

Fosforón, fosforones: muy confiados en su capacidad o energía, sentirse fuerte, excitado.

G

Guasaps: mensajes por vía de WhatsApp.

Guerrero Ocelotl: era uno de los nombres dados a un guerrero azteca.

Guerrero Zopilotl: nombre ficticio de un guerrero chorotega inventado por el autor.

Güevazo: golpe recibido.

Güevo: testítuculo. En este caso, hace referencia a un apodo sobrenombre dado a los miembros de una familia.

Güevón: hombre descarado, relajado, vago, torpe, etc.

Güilas: niños, niñas o adolescentes.

Gusano ciprés: gusano de color verde con una fuerte ortiga.

H

Hueveros: persona que venden huevos de gallina de casa en casa, usualmente a horas tempranas de la mañana y utilizando un altoparlante muy ruidoso.

J

Jalogüin: festividad norteamericana del Día de Brujas (Halloween).

Japi verdei: cumpleaños, en inglés "happy birthday".

Jicaral: distrito ubicado en la Península de Nicoya.

Jochar: molestar, incomodar a alguien.

Jumas: estar alcoholizado, ebrio.

L

La Mica: espectro que sigue y asusta a los hombres infieles. Es una mujer que se convierte en mona (especie de simio) por medio de magia negra, y que se sube a un árbol cerca de la casa del hombre a quien quiere asustar.

M

Macuá: poción mágica cuyo objetivo es enamorar o embrujar a una persona.

Mae: persona en lenguaje popular, con quien se tiene confianza (en España es chaval, en México, cuate).

Matrero: peligroso, bravo, mañoso.

Molestadera: que lo están molestando mucho, bromeando.

Montezuma: comunidad ubicada en la Península de Nicoya.

N

Nahontre: nombre de personaje ficticio creado por el autor.

Ñ

Ñangazo: mordisco.

N

Nicoa, Nambí, Diriá y Curime: caciques chorotegas que habitaron en la actual Península de Nicoya, en la época de la conquista española.

P

Pencona: fuerte, con mucha energía, notable.
Perrerreque: tamal de elote.

Pickupcito: un automóvil "pick up" pequeño.
Piezones: pieza musical magnificada.
Pikín: sobrenombre de un músico santacruceño director de un conjunto musical.
Pintas, piedreros: drogadictos de la calle.
Pipián: es una verdura cultivada en Guanacaste, semeja a una sandía pequeña en forma de pera. Muy usada en las comidas de la bajura guanacasteca para hacer guisos o con carne de cerdo o res, sudada.
Pipita, pipa:, es un coco con agua, fruto de la palmera.
Pipol: gente, pueblo, en inglés "people".
Pirateado: forma o estilo de bailar cumbias muy propio de Costa Rica.
Poyo: banca de concreto muy frecuentes en los parques de Costa Rica.

Puertaaaaaa: llamado para que abran la puerta por el lado de la "manga" del toril, por donde sale el toro montado.

Purusa: es el sobrante de un proceso que no tiene ninguna utilidad. Por ejemplo, la basura que queda después del aporreo de frijoles o también puede ser el resto del café en polvo después de haber sido chorreado.

R

Ranqueado: que está en una determinada posición en un ranking.

Rapeada, rapeadas: acción de cantar una canción a ritmo de rap.

Rey de la Noche: personaje de la serie de televisión Juego de tronos.

Robocop: personaje de ciencia ficción que representa a un policía del futuro.

S

Salaíto: que tiene sal.

Saprissa: nombre de uno de los equipos de fútbol masculino de Costa Rica, de la primera división.

Saprissista: seguidor del equipo Saprissa.

Segua: espectro que consiste en una mujer con cabeza de caballo.

Sentirse gallo: sentirse fuerte, con mucha energía.

Sobaqueado: estilo de baile popular que consiste en mover los brazos simulando el vuelo de un ave.

Sortear: acción de sacarle suertes a un toro con una vaqueta o capote.

Speedigonzaleanos: a la velocidad de Speedy González, personaje corredor de tiras cómicas.

T

TAC: tomografía axial computarizada.

Teja, Extra y Nación: son diarios nacionales.

Torta: en este caso hace referencia a haber generado un problema, error.

Tortero: persona con tendencia a generar inconvenientes, cometer errores.

Tortolocuilo: es el mismo gusano ciprés pero que denominado de esta forma en algunos lugares de Guanacaste.

Tortón: que cometió una o generó un gran problema.

V

Vainicotas: vainicas muy grandes.

Vaqueta: es un implemento de cuero de tenera (antes cuero de venado) curtido usado arriba de la albarda del sabanero para darle mayor agarre en la sentada en el caballo. Los sabaneros también la usaban para sacar toros cimarrones de metidos en tacotales. También es usada para el sorteo de toros

en las montaderas de toros en Santa Cruz, Guanacaste.

Varejón: es un segmento de rama de árbol delgada y sin hojas.

Veintisiete de Abril: distrito del cantón de Santa Cruz de la provincia de Guanacaste.

Vejentud: sarcasmo para indicar que una persona joven se siente vieja.

Vineando: fisgoneando.

Woooppp: onomatopeya del saludo dado, en el pasado, entre hombres en algunos lugares de Guanacaste.

Y

Yorsh Cluni: nombre del actor George Clooney dicho de forma coloquial.

Índice

Presentación...5
Introducción...9

I Parte. Las aventuras de Brando Eluku 11

Las aventuras de brando eluku 11

¿Feliz como una lombriz? 12

Peripecias de un doctor 14

Oda al excusado 15

La refrigerado vieja 17

Los torteros 19

¡Noche de perros y gatos! 20

Un cumpleaños hace más de 20 años atrás 21

La visita de obama: 22

Historia cletera 1 24

Historia cletera 2 26

Historia cletera 3 27

Historia cletera 4: los perros 28

Convocatoria comunitaria 30

El zanate 30

Obstáculos al deporte 31

En mi otra vida...32

Clases de baile 33

Las miradas...33

La cleteada a la playa 34

¡Tragame tierra! 35

Hola mi amor 36

Mejengas infantiles I...37

Ojos en blanco 40

¡Aprendiendo a nadar!...42

"Feisbuk" 42

El mar cibernético 43

En defensa de la pereza. 44

Reggatoneano bombas...45

Vértigo 47

Vampiros en liberia 48

Ser feo 49

Dancing with the damisela 49

Baile-birra-despiste 50

Comidas exóticas - pata de chancho con frijoles.............51

Se me fue 51

Abuela aleccionadora...52

Comer carne en semana santa...................................53

Sonrisa sincera...54

La gran hazaña...56

Rajando 58

Servicio de acompañante 59

Se la vidad farandulera, bohemia y bailonguera 60

Día de las culturas 62

Me cambiaré el nombre..65

¿Conflictivo yo? 66

Cosas de la vida...66

Historias de hermanos menores 68

"Jalogüin" y el dia de los difuntos 70

Las quimiocleteadas:..72

"Le vamos a dar de alta" 74

Sobreviviendo al gimnasio - las rutinas 76

Sobreviviendo al gimnasio - la zumba 78

Sobreviviendo al gimnasio - la magia de la música...........79

Mercado central 80

Electrocardiograma 80

La poza *el guabo*...81

Un día cualquiera en la entrada del hospital de liberia 84

El fallo de un amigo..85

Mi gato y yo..86

Mango el cazador 86

La anaconda del río Tempisque.................................87

¿Mngo y Jaguar Blanco? 88

Juan de León..89

Psicóloga(o) vrs redes sociales 89

Alguna vez fui guapo 90

Indignado...91

Soliluna 91

Capacidad de abstracción......................................92

He decidido dejar la academia.................................93

Un romeo sin su Julieta: 94

Fue en unas fiestas de Santa Cruz.............................95

Un dia en las fiestas de Santa Cruz 96

"A la mierda la cleta"..97

Se busca representante para las fiestas de Liberia............98

Filozo fando..99

Reglas matemáticas de las publicaciones en FB 100

Lavar platos y la vida 101

Orígenes de gallina arreglada, enchida y achiotada 102

La reencarnación 104

Deprimido 105

Participación ciudadana versión "sanguche" 105

Estoy molesto, muy molesto 108

Confesiones matinales 108

Los dichos de Betillo 109

Apa y los Trolls 110

Cosas de la vida – el compa caminante 110

Los piropos 111

El amigo secreto 113

Metido en un zapato 113

Hecho único en el universo 114

Despiste nivel tres chiflados 114

¡Hablale vos que sabés inglés! 115

Un saprissista 116

Mea culpa 118

La vida como en Comala 119

Sensaciones 119

Rogando a Dios y con el mazo dando 121

Los conflictos 122

Decisiones todo cuesta... 123

Cara de limpio 124

La culebra en el pavimento 125

La comida estratificada por edad 126

Típico 127

Para ateos, agnósticos, distraidos y afines 127

Falta de costumbre 129

Mosquito zombi 129

El colmo del despiste 130

Despiste nivel extremo 130

Conviértase en meme 131

Hitler Stalin 132

La huella emocional neutral 132

La vida es una epifanía 133

Día del padre 134

Garrobeando 134

Ahi para arribita..135

Investigando los orígenes del arroz con pollo 137

El hábito no hace al monje 138

En la farmacia 139

¡Qué pereza! 140

Al chancho como lo crian 141

Mi regalo del dia del padre 142

Desprenderse de uno mismo 143

Hablemos de la pobreza entonces...144

Cosas de la vida – aprendiendo de la vida 147

¿Selfi o no selfi? 148

Leer sí ... pero no se quede ahí 149

¿Buen o mal guanacasteco? 150

La ignorancia y las migraciones 151

Ayudar a los demás 152

Alejando la tristeza 153

No juzgar libro por la portada...153

Cristo y los cristianos..154

Idealismo 157

Consejos para comunicarse asertivamente 158

No creo en una realidad absoluta 159

La vida como las olas del mar 161

No se achicopale 161

No estas equivocado...162

Ya en serio 162

Los pensamientos nos distraen de la felicidad.....................163

Paz interior..163

Gracias migrantes..163

Veganos y el petroleo 164

El poder..164

Buscando la comba al palo 165

La unión de los pueblos del mundo 167

Síndrome de percepción del vecino mediocre.....................169

¡Nació un peón ... nació una cocinerita!..............................171

¡Los pobres se merecen la pobreza!...................................173

Non vocación de servicio 176

¿Sos realmente feliz? 178

Buenos días ... feliz miércoles..181

Parodiando a Sabina 181

Buenos días ... feliz domingo y feliz fin de semana 181

¿Cómo debe uno vivir la vida?..182

La muerte de Gabriel Badilla 182

¡Vive el presente! 184

Buenos días ... feliz domingo... 184

¡Buenos días ... feliz martes! 184

Interacciones sociales 185

¿Inteligente? 185

¡Buenos días ... feliz martes! 185

¡Buenos días... feliz sábado! 186

Cosas buenas y cosas malas 187

Naturaleza humana..187

Conocimiento de causa 188

Saludo estratificado 190

¿Humanista?..191

Déjà vu 192

¡A la fuerza no!..193

II. Parte. Frases...194

III Parte. Bombas y retahilas....................................197

Albert Espinoza Sánchez nace en Santa Cruz, Guanacaste (1965), donde vivió toda su infancia, adolescencia y parte de su juventud. Hijo de José Blas Espinoza Peraza (santacruceño) y Aida Sánchez Jiménez (hojancheña). Como buen guanacasteco, se siente orgulloso de sus raíces. Realizó sus estudios primarios en la escuela Josefina López Bonilla y estudios secundarios en el Liceo Santa Cruz "Clímaco A. Pérez". Graduado de Licenciatura de Estadística y una maestría en Administración de Negocios, ambas en la Universidad de Costa Rica.

Vive en Liberia desde hace unos 25 años, donde ha tenido su mayor desarrollo profesional. Su vida laboral la ha pasado por los ámbitos privado y público, pasando desde el trabajo en labores agrícolas, en su juventud, hasta puestos de jefatura administrativa. Ha laborado por más de 25 años como docente en varias universidades privadas y públicas, y actualmente lo hace en la Universidad Nacional y Universidad de Costa Rica. Se enorgullece de haber trabajado en la tapisca, corta de frijoles, sorgo, algodón y en el área de la construcción. Ha escrito algunos artículos científicos ya publicados. Esta obra, es su primera aventura literaria.